Tadashi & Keita
「恋愛戦略の定義」

そして圭太は甘利の肩に手を伸ばした。
「……圭太」
「大丈夫。誰も見ていない。
寒いから、暖めて」
頬に触れてくる圭太の指は、
本当に冷たかった。
（本文P.123より）

Chara

恋愛戦略の定義

ふゆの仁子

キャラ文庫

この作品はフィクションです。
実在の人物・団体・事件などにはいっさい関係ありません。

目次

口絵・本文イラスト／雪舟　薫

プロローグ

「あと、十分……」

甘利《あま》臣《りただし》は腕時計に表示される時間を確認しながら、営団地下鉄の溜池山王駅《ためいけさんのう》から全日空《ぜんにつくう》ホテルに通じる地下道を、全速力で走っていた。

普段はさほど気にならない距離がやけに長く感じられるのは、一分一秒を争っているせいだ。いつもの予定なら三時に会社を出れば、余裕で午後四時から始まるセミナーに間に合うはずだった。出掛けに、面倒な電話がかかってきさえしなければ。

結局管轄違いの話だったため要領を得ず、時間ばかり食ってしまった。おかげで今、必死に走る羽目に陥っている。

朝、整髪料でセットした癖のある髪を振り乱し、額を覆う鬱陶《うっとう》しい前髪をかき上げながら、己の体力の無さを嘆く。

社会人になってからは、こんなふうに走るのは初めてだった。おまけに、背広の上にロングコートを着ていて、足元は革靴だ。右手にはブリーフケース、左手には書類のつまった封筒があって、走りにくくてしょうがない。

「……もう、駄目だっ」

地下鉄を降りてからずっと走りづめで、呼吸は苦しく、足が重い。鼓動は心臓が破れそうなほど激しく、耳の奥にがんがん響く。

次第に前を向いていられなくなり、首が折れ、視線が足の少し先へ落ちる。

もう間に合わなくても構わない、諦《あきら》めてしまおう。そう思って足を止めると、膝から下の力が抜けてバランスが崩れ、体が前のめりに倒れかかった。

——駄目だ。

頭から地面に倒れ込む無様な自分の姿が、甘利の脳裏に浮かぶ。それが嫌で足を踏ん張ってぎりぎりで踏み留まったものの、よろめいた体が前から歩いてきた人にぶつかった。

「すみません」

謝ろうとした瞬間、脇に抱えていた茶封筒が、するりと滑って地面に落ちていく。

「あ……」

驚いた甘利が短い声を上げたときには、口の開いた封筒の中から書類がその場に零れ落ちていた。

「……最低」

甘利はその場にしゃがみ込み、慌《あわ》てて狭い通路を占領する書類を拾い集める。

横を擦《す》り抜ける人は、邪魔そうに視線を向けていくだけで、足を止めたりはしない。

羞恥《しゅうち》と自己嫌悪に駆られていた甘利は、ふと先のほうに散らばっていた書類を集めてくれる男性に気づく。

ジーンズを穿《は》いた足は長く、ブルゾンで覆われた背中は大きい。短く切り揃《そろ》えられた明るい茶色の髪の似合う青年だ。

すべて書類を拾い集めた彼は、ゆっくりと立ち上がった。そして甘利の前までやってくる。

「これで全部みたいですよ」

甘利の前に立つと、彼は微かに首を傾げる。

長くて節のはっきりした指で彼は書類を軽く捌《さば》く。そして甘利の持っている書類の上にのせたとき、彼の指が甘利に触れる。その瞬間、甘利の心臓がドキリと強く鼓動する。

甘利はこの男を知っていた。これから向かおうとしていたセミナーに参加している。広い背中と見上げるほどの高い長身、そして長い四肢と明るい茶色の髪が、恋愛対象をもっぱら男に向ける甘利には、非常に印象的だった。

しかし至近距離で顔を見るのは初めてで、不躾《ぶしつけ》なほど顔に見入ってしまう。

まるで少年のように無邪気に微笑む彼の目は優しく、二重のわりに涼しげだ。目尻の下にできる笑い皺《じわ》が、甘利の心の襞《ひだ》を擽《くすぐ》る。

「ありがとう」

「あの、セミナーに参加している人ですよね？」

尋ねてきた言葉に、甘利の心臓が強く鼓動する。

「……そう、だけど」

自分が彼を知っていても、まさか相手に認識されているとは思っていなかった。

驚きに甘利が顔を上げたとき、彼は穏やかな笑みをその顔に湛《たた》えていた。

「急がないんですか?」

腕時計を盗み見るが、四時まであと二、三分というところだ。せっかく呼吸が落ち着いた今、これ以上、走る気力はない。

「いいよ。どうせもう間に合わない。俺は遅れて行くから、君は先に行ってください。引き止めてしまって申し訳なかった。手伝ってくれてありがとう。感謝してる」

甘利は投げやりな口調で応じ、書類を封筒に入れようとする。しかしその甘利の手から書類が消える。さらに腕を摑《つか》まれる。何が起きたのかと甘利が考えるよりも前に、体が前方に引っ張られる。

「ちょ……っと……」

「頑張りましょう。走ればまだ間に合いますよ」

男はそう言って振り返ると、甘利に満面の笑みを向けた。

まるで少年のような、あどけなさの残る微笑みだ。しかし、真っ直ぐに甘利を見つめる彼の瞳の奥には、強い炎が見える。それを目にした瞬間、不意打ちを食らったかのように甘利の心

臓が速くなる。

握られた掌に汗が滲《にじ》み、知らず、顔が熱くなる。

二十八にもなる男が、このぐらいのことで何を動揺しているのだ。そう自分を戒めながらも、動悸《どうき》は収まらない。

地下道から地上へ出る階段を駆け上ると、冬の強い陽射しが二人を照りつける。

「眩《まぶ》しい」

先を走る男が、額の上に手をやった。

息苦しいのはきっと、走っているせいだけではない。そして甘利にとって眩しいのは、陽射しよりも、彼の笑顔だった。

1

午前八時半。副都心新宿《しんじゅく》駅周辺は、通勤通学に急ぐ会社員や学生でごった返していた。電車はＪＲ、私鉄問わずどの車両もすしづめ状態で、ホームの上もまた乗降客で溢《あふ》れんばかりだった。

しかしそんな中誰一人文句を言わず、ただ眉を顰《しか》めるだけで、眠そうな目を擦《こす》りながらも目的地へ向かって歩いていく。

濃紺のスーツの上にコートを着込んだ甘利匡《あまりただし》もまた、ほかのサラリーマンと同じようにアタッシュケースを小脇に抱え、階段を下りる。そして地下通路にあるキオスクで愛煙しているキャスターマイルド一箱と、経済誌を購入した。

さらに早足で抜け自動改札を通ると、朝の陽射しを受ける西口地下のタクシーターミナルを右手に眺めながら、都庁方面へと足を進める。

動く歩道は使わず、コートの裾《すそ》をはためかせながら地下道をしばらく歩き、通路左側にある階段を上った。

地上へ出ると、銀色に輝く太陽の光が甘利を照りつけてくる。細い指を真っ直ぐ伸ばしてひさしを作り、雲ひとつない真っ青な空を見上げる。

まさに圧巻だ。

灰色のコンクリートでできた、幾何学模様を組み合わせた形が、スペインのサグラダ・ファミリアを思い起こさせる都庁舎を中心に、地上四十階を超えるビルが所狭しと並んでいる。

それほど遠くない未来、ニューヨークのマンハッタンを凌《しの》ぐ摩天楼に、東京の空は覆い尽くされるだろう。

空は狭くなるかわりに、どんどん近くなる。

天に届くようにと築いたバベルの塔のように天の怒りを買う前に、人間は神の存在を忘れた。世界を掌握するのは、神ではなく、権力と金だ。世の中はパワーゲームである。それを巧みに動かす頭脳と手腕を持った、ほんの一握りの人間の手の中に、二十一世紀の扉を開く鍵は握られている。

世の中のすべての出来事は、小さなゲーム盤の上で行われている。しかし事実を知らない人は多い。自分がゲームを進めるためのコマの一つに過ぎないことを、知る人間も少ない。

甘利もまた、企業経営というゲームのコマの一つだ。自分がコマの一つであるという事実を知っているだけで、自分の意思で動けるわけではない。言えるのは、自分の置かれている状況を楽しむ余裕があるだけ、マシだろうということ。

「今日も冷えるな……」

刺すように冷たい風が、滑らかな額に下りた、軽い癖のある前髪を揺らしていく。季節は春へ向かって歩み始めているが、実際にそれを感じられるまでには、まだしばらくかかるだろう。

甘利はアイボリーのコートの襟《えり》を軽く立て、都庁を左手に見ながら一本入った通りに逸《そ》れる。目の前に現れたのは、地下三階、地上五十三階建ての超高層ビルだ。パールグレーの薄い青みがかった外観は、太陽の光に反射して虹色に輝いている。

五年前、バブルが弾けた直後から着工されたビルのエントランスは、三階部分までが吹き抜け状だ。床は大理石調の薄い乳白色、壁や天井にも派手な装飾はなく、あくまでスタイリッシュでモダンな造りを基調としている。

警備員の立つ自動の回転扉を抜けてビルの中に入ると、一目散にフロア奥に位置するチェーンのコーヒースタンドへ向かう。脱いだコートを手に持ち、カウンターで定番のアメリカンコーヒーを頼んだ。

イタリアのバールを模したコーヒー店の中は、ビジネスマンで混雑している。

甘利の顔を見て頬《ほお》を染める女性店員の熱い視線を流して、窓際の空いている席に腰を下ろす。それから取るものも取りあえずキャスターマイルドを探し出して一服する。大きく煙を吸い込むと、なんとも言えない昂揚感《こうようかん》が全身に広がっていく。眠っていた体がようやく目覚め、指の先まで神経が通う。

そんな気分を味わいながら、ストレートでコーヒーを一口含み、購入した経済誌をテーブルに広げる。

トップを飾るのは、瑞水《たんすい》飲料会社の代表取締役社長と、経営評論家の対談だ。

瑞水は国内清涼飲料水業界の老舗《しにせ》で、国内シェアの半数近くを占める巨大な会社である。その瑞水の現社長である、白髪が多く恰幅《かっぷく》のいい東海林兼次《しょうじかねつぐ》が、化石でしかない経営論を翳《かざ》し、もっともらしく日本の今後を語っている。教科書通りで裏打ちがなく、底が浅いこの対談内容を読んでいると、空しさを越えて乾いた笑いが零れてしまう。

底まで辿《たど》り着いた日本経済の中で起死回生できるのは、資金力があり巨大組織である自社をおいて他にないと、本気で語っているのだ。

「何を一人でひそひそ笑ってる?」

頭の上で聞こえる馴染《なじ》みのある声に気づいて、甘利は顔を上げる。先輩である坊城寛人《ぼうじょうひろと》が、トレーを手に立っている。濃い色の背広を身に着けると、細身の骨張った体が誤魔化される。

「この雑誌の記事が、ちょっと」

甘利は苦笑を殺し、挨拶《あいさつ》代わりに軽く会釈する。それから吸いかけの煙草を消し、テーブルの半分を空けて目の前の席を坊城に譲る。

「今週号だろう? 俺も一応目は通したが、自分たちの置かれている現状に気づいていないらしいな」

椅子《いす》に腰を下ろした坊城は、雑誌に視線を向けてにやりと笑う。神経質そうな一重の目が印象的で、面長の顔に、シルバーフレームの眼鏡をかけている。語尾が微妙に上がるせいで、本人の意図には関係なく、彼の言葉は、すべからく嫌味な響きをもって聞こえる。

「まさにゆでられたカエルですね」

沸騰した湯に入れられたカエルは、あまりの熱さに飛び出す。しかし冷たい水に入れられ徐々に熱せられた場合、カエルは湯が熱くなることに気づかずにゆでられてしまう。この状況を、周囲の状況に気づかずにいる、現在の瑞水に重ね合わせた嫌味だ。

「もっともだ。お前が今、週に一度通ってるセミナーの内容も、どうせこんな感じだろう?」

坊城は、コーヒーに入れた砂糖をくるくる混ぜる。

「まるきり同じです。坊城さんも、去年参加されていたのだから、ご存知でしょう。淡々とした喋《しゃべ》りはモーツァルトの子守歌より効果があります。毎週、眠気を堪えるので必死です」

ため息混じりの甘利の言葉に、坊城は大笑いした。

「毎年、同じことを言うんだな。去年はブラームスの子守歌よりも効果があると笑っていた」

甘利と坊城の勤めるオニキスビバレッジは、高度成長期に瑞水の百パーセント子会社として出発した。

当時の商号は、瑞水飲料製造といい、製造部門を担当し都下にある工場を管理する小規模な会社だった。しかし親会社である瑞水が業績を伸ばし様々な分野に手を広げるのに伴い、相互間で営業譲渡や内部再編を行い、製造のみならず多角部門の経営を行うまでに成長した。

そして十五年ほど前に、資金面で完全に独立したことにより、商号をオニキスビバレッジと改め、相互間のみならず対外的にも別会社として再出発した。

現在瑞水はオニキスの多数《あまた》いる株主の中の一つに過ぎず、あくまで会社の立場は対等関係にある。

だが瑞水側には、根強い親子関係の意識が今も残っている。

それでも、瑞水グループの帝王として君臨し、経団連をも我が物顔で牛耳っていた、前社長であり現会長の東海林兼高《かねたか》がいたときは、まだ許される節があった。

山口《やまぐち》の、山の間にある村の出身である兼高は、生まれ育った故郷に流れる、『美味しい水』にも選ばれた瑞水川の水を飲んで育った。幼い頃に飲んだ美味しい「水」、すなわち飲料を日本全国に広めることを目的に、社名に「瑞水」を掲げ、会社を立ち上げたのだ。

一地方の小さな会社に過ぎなかった瑞水飲料の規模を拡大したのは、兼高一人の力だ。

時代もあるだろうし、何より兼高という人間のカリスマ性が、それを許していた。

けれど、現社長の兼次は不肖の息子で、そこまでのカリスマ性はなく、また具体的な戦略も持たない。そんな男がトップにいる会社に対し、オニキスは水面下での活動を続けている。

まさにぬるま湯につかったカエルは、状況の変化に気づかず、ゆっくりと煮られる日を待っている。

「セミナーは、あと何回残ってるんだ？」

「今日を含めて、二回です」

業界トップの老舗であるがゆえの余裕なのか、一月から二月にかけた時期に、瑞水飲料主催のビジネスセミナーが毎年開かれている。

通算十年目を数え、今年は毎週金曜日の週一回、午後四時より八時まで行われ、六回目をもって終了する。

今年はすでに四回が終わり、今日、五回目の講義が予定されていた。

講師は瑞水の幹部社員および経営関係に携わる大学教授などで、受講対象者は「企業経営に興味を持つ人間」とされている。受講料は無料。業種や資格は問わず、また学生でも参加が可能なため、例年定員である百名を超える応募者の中から抽選が行われる。

毎年、オニキスからはそういった抽選とは別に、必ず一人、セミナーに参加するのが第一回のときからの慣習になっている。

今年の受講者に選ばれたのが、甘利である。入社五年程度の、経営や経済を担当している社員の中で、優秀であると判断された人間が選ばれる。つまりは、セミナーに参加できるということは、ある意味光栄なことでもあった。

もちろん、セミナーの内容や、当人たちの意思は別問題ではあるが。

「じゃあ、今日、パーティーだな」

五回目のセミナーのあと、瑞水主催で、セミナー参加者及び関係各社の人間を呼んでの親睦会が開催されることになっている。

このパーティーには、甘利以外にも、オニキスの人間が数人参加することになっていると聞く。

「らしいです。坊城さんは出席されますか?」

「誘われたが丁重に断った。今の時期は、できるだけ瑞水の人間の顔は見たくない」

「俺もできれば欠席したいですね」

それは甘利も同じだったが、しかし立場上、出席しないわけにはいかない。

「それは無理だな。あの社長も出てくるんだろう? 退屈な話を聞きながら、眠らないように気をつけろ」

残っていたコーヒーを飲み干して、坊城は笑いながら、ちらりと腕時計に視線を移す。その視線につられ、甘利も時間を確認した。そろそろ移動する時間だ。

「そうします」

二人して、コートと荷物を持って立ち上がる。

オニキスビバレッジ東京本社は、ビル内二十一階から二十五階までのフロアを占める。さらに、甘利と坊城の所属する戦略事業部は、機密性を要求される部署のため、二十五階の最奥に位置する。

「今年のセミナーにも学生が参加してるか？」

二人しか乗らなかった上昇するエレベーターの中で、セミナーの話を続ける坊城の問いに甘利は応じる。

「社会人より多いぐらいです。就職難が影響しているのかもしれません」

「お前も、学生に間違えられているんじゃないのか？」

「さすがにそれはありません」

にやにや笑いながらの言葉を、甘利はあっさり流す。

容姿のことで揶揄《やゆ》されるのには、もう慣れている。

癖のある髪をそのままに、カジュアルな格好をしていれば、いまだにかなり若く見られるのは事実だ。

二重の大きな目が猫のように吊り上がっているため、全体の印象を幼く見せている。

初対面の人間は必ずと言っていいほど、甘利のことを実際の年齢よりも下に見る。そのため、仕事をする上で色々不都合は多いが、その分実績で返せばいいだけのことだ。毎回怒っても、疲弊するだけだと、さすがに学習した。

「学生と言えば……」

一人の青年の姿が、甘利の瞼《まぶた》に蘇《よみがえ》る。

「一人、少し変わったタイプが参加しています」

「どんなふうに？」

坊城の問いに答えるよりも前に、エレベーターは目的の階に辿り着く。

「うまく言葉で説明はできないのですが、度胸が据わっているというか……毎回、ジーンズ姿で参加しているんです」

エレベーターを降りてからも、甘利は話を続ける。

就職活動を念頭に置いているため、セミナーに参加する学生のほとんどは、スーツ姿だ。社会人はもちろんスーツのため、私服、それも典型的な学生の装いともいえるジーンズ姿はどうしても目立つ。

いくつものセキュリティをカードキーで解除しながら、所属部署へ辿り着く。

コートを自分のロッカーに預け、入口脇にある個人のメールボックスを確認してから席に着き、端末の電源を入れる。パスワードを入力してロックを解除してようやく、通常のウィンドウズの画面が表示される。

「茶髪にピアスもあったりするか？」

「ご正解です」

「それはそれは」

甘利の隣りの席に座った坊城は、キーボードを叩《たた》きながら、好奇心丸出しの顔を寄せてくる。

「それじゃ、お前の好みじゃないな」

いやらしい笑みを浮かべる坊城の言葉に一瞬眉を寄せながら彼を一瞥《いちべつ》し、甘利は話題を逸らす。

「講師の目の届く場所で居眠りをしているのだから、相当な度胸の持ち主であることは間違いありません」

学生には難解な言葉ばかりが羅列されるし、甘利でさえ冗談でなくても眠くなる講義だ。終業時間を超えて八時まで続くため、うたた寝ぐらいはする人間はいる。

しかし甘利が気にしている学生は、うたた寝程度の眠り方ではないのだ。それこそ机に突っ伏し、ときおり寝息を立てて盛大に眠っている。

「もしくは、単なる呆《とぼ》けた奴か、だな」

坊城の興味はそこで途切れたらしい。彼は自分なりの結論を口にしてから、モニターに顔を戻した。

毎週遠目に、そして一度だけ間近に彼を目にしている甘利の判断は、前者である。非の打ち所のない学生然としているが、彼の瞳には、それだけではない何かを秘めた強い炎が見えた。

今日のパーティーで、どんな人間か確かめよう。甘利が心の中で決めたとき、デスクの電話が鳴る。

「おはようございます。戦略事業部の甘利です」

ジャスト九時半。

今日もまた、忙しい一日が始まる。

甘利は私立K大学経済学部を卒業後、同校のビジネススクールに二年在籍したのち、オニキスに入社した。

当時オニキスは将来の展望を見据え、経営のスペシャリストの育成に力を入れ始めた時期だった。

入社直後より、着眼点のよさや時代を読む力を発揮した甘利はその才能を見込まれ、翌年、アメリカのH大学ビジネススクールへ研修の形で在職のまま留学した。そして期待どおりMBA（経営管理学修士号）の資格を取得して帰国を果たした、ビジネスエリートである。

本社では、極秘で活動を続ける戦略事業部の席が用意されていた。

戦略事業部の仕事内容は、日本の市場を様々な視点から徹底的に調査・分析した上で、オニキスの現状を把握して具体的な事業戦略を練る。

そして最終的には、オニキスの選ぶべき道を示唆《しさ》する。

甘利はその中で、主に株や有価証券に関する分野を担当している。

オニキスにおける戦略事業部は、ときに会社上層部よりも強い権限を持つ、会社の頭脳だ。

部のトップには、商号変更を行った十五年前に、アメリカのコンサルティング会社より引き抜いたアメリカ人の常務取締役を置いた。その他のメンバーも、三十三歳の坊城や、二十八歳の甘利など、二十代後半から三十代半ばまでの、若くて柔軟な頭脳を持った人間ばかり二十人ほどで構成される。

そのため外資流の純然たる実力主義が取られ、年齢は関係なく仕事の成績が評価の対象となる。給料も、年俸制だ。

当然のことながら、仕事は半端でなく厳しくても、甘利は強い責任感や達成感を得られることの部署にプライドを持っている。

「甘利。会議だ」

「すぐに行きます」

何本かの電話を終え契約書のモデルプランを作成し終えたところで、坊城に声をかけられる。資料を用意し、同じフロアにある会議室へ向かう。

濃いチョコレートブラウンの扉を手前に引くと、会議用の巨大な一枚板のテーブルの前には、渡米中の常務取締役を除くスタッフ全員がすでに顔を揃えていた。

甘利と坊城は中の人間に軽く会釈をしてから、自分の席に着く。

「朝早くから済まない」

全員が揃ってから、部長である岸《きし》が口を開く。

「以前より話を進めていた件だが、シルフィとの話し合いにより、具体的な日程が決定した。

再来週の月曜日だ」

「ようやくですね」

岸の言葉に、緊張した面持ちで全員が頷《うなず》く。

「本腰を入れていかなければならないのは、これからだ。瑞水との折衝が拗《こじ》れれば、それだけシルフィとの契約スケジュールにも支障が出る。ひいては我が社にとってもマイナスとなる。各自、会合の結果如何《いかん》ですぐに動けるよう、あらゆる角度から十分に準備しておくように。具体的な手順は、各担当者より個々に説明を」

促され、担当者より資料が配られる。

甘利は手元にきた資料を開き、そこにある件名を確認する。

『瑞水飲料株式会社との業務提携の解消、およびシルフィ・ジャパン・インクとのジョイントベンチャーについて』

瑞水とオニキスの関係は先の説明の通り、オニキスでは、瑞水の下請的役割を脱したのち、一飲料会社として、自社による炭酸飲料の製造販売を行っている。

しかしいまだ瑞水が販売ルートの国内シェアの半分を占有している。そのルートを使用するためには瑞水商品の製造を行わねばならず、消費者や小売店からは、いつまで経ってもオニキスは瑞水の子会社としか捉《とら》えられていない。

この状況を打破するべく、十五年前より繰り返し瑞水との折衝を行ってきたが、一歩進んでは二歩下がる状態が続き、状況は好転しなかった。

それどころか、数年前のバブル崩壊時には、赤字の地方販売ルートを買い取らざるを得ない羽目に陥り、自主廃業寸前にまで追いつめられた。

そこまできてようやく上層部が動き、対瑞水のみならず業界での生き残りを賭《か》け、戦略事業部の前身となる戦略室を立ち上げたのだ。

数年の間の調査や企画ののち、瑞水との完全なる業務提携の解消、そして対抗策として、同業他社である、シルフィとの業務提携の道を見出した。

シルフィ・ジャパン・インクは、アメリカ本社のシルフィ・コーポレーションの百パーセント出資による酒料飲料会社であり、若者を対象としたカクテル系飲料を製造し、さらに輸入販売する独自のルートを持っている。

日本に進出したのは、バブル崩壊直後の、日本経済の混乱期だ。当初清涼飲料の販売を考えて瑞水の敵対型M&A（企業員収）を画策したが、行政からの横槍が入り失敗するという経緯があった。

その後も清涼飲料業界への進出を、虎視眈々《こしたんたん》と狙《ねら》い続けていた。そしてオニキスが瑞水との業務提携を解消しようとしている動きを悟ると、シルフィはいち早くジョイントベンチャーの話を持ちかけてきたのである。

新たな市場と独自の販売ルートを欲しているオニキスと、清涼飲料業界への参入を狙うシルフィとでは、需要と供給のバランスが取れていた。

最初の話があってから優に一年以上の年月をかけ、瑞水との関係改善に努めながらも、同時にシルフィとの間の契約条件を煮つめてきた。

シルフィとの間で交わされている具体的な形としては、一対一の割合で出資した新規会社をまず設立する。そこでオニキスのノウハウおよび製造工程を使用して、新規の微炭酸飲料を発表する。シルフィのもつ販売ルート及び媒体広告をもって、大々的に宣伝していくため、ターゲットは「アルコールの飲めない大人」に絞った。

そのためボトルデザインを洒落《しゃれ》たものにし、アルコールを飲んでいるかのような雰囲気を提供する。

また、シルフィの開発した酒料飲料をオニキスのノウハウで大量に生産し、従来対象にしなかった子どもたちへ向けたソフトドリンクを大量に販売する。

結果、オニキスは酒料関係の店へ自社製品を売り込むことが可能になり、シルフィもまた、清涼飲料業界に参入できる。

外枠が固まったあとは、役員や資産運用、さらに本社をどこへどういった形で置くか、内側の部分を決める作業が残されただけになった。

そして結局、瑞水との関係は変わらないまま、契約更新時期が二週間後に迫った。

もはや、一刻の猶予もない。

オニキスはかつての親会社である瑞水との対立姿勢を明らかにし、シルフィとのジョイントベンチャーについて本腰を入れる結論を出した。

だが、どちらに傾いても、オニキスにとって安穏な将来は約束されない。

瑞水は、腐っても鯛《たい》だ。

帝王である兼高の威光が完全には消えておらず、彼の息のかかった優秀な人間は、オニキスを市場から締め出す手段に出るだろう。オニキスとは比較にならない資本と市場占有率を笠《かさ》に着た妨害は、容易に想像できる。

もちろん、それを前提にした上で勝利できる防衛かつ攻撃プランを、甘利の所属する部署では練り込んでいるが、予断は許されない。

表向き協力関係にある、アメリカ企業の典型であるシルフィについても、全面的に信用しているわけではない。

何しろ相手は、結果的に失敗したとはいえ、日本の飲料業界トップであり老舗の瑞水に対し、M&Aを仕掛けようとした会社である。

まさに、前門の虎、後門の狼だ。オニキスに逃げ道は残されていない。

「シルフィが、いつ本気で牙《きば》を剝《む》いてくるか、それが一番の問題ではないでしょうか」

坊城は、誰もがわかっているその部分をあえて指摘する。

今のところ、シルフィは眠れる獅子《しし》を決め込み、契約や業務の主導権を全面的にオニキスに握らせている。だが、彼らの本来の目的は、日本の飲料業界のシェアを獲得することだ。

「シルフィには真田《さなだ》さんがいますから、それは我々も頭を痛めているところです」

常に強気に話を進める岸が、沈痛な面持ちで応じる。

その名前に甘利の全身に震えが走り、手元が揺れた。

真田吉昌《よしまさ》は、三十代前半でオニキスの戦略室の室長に就任した。そして更なる人材育成のため、アメリカのMBA資格を持つ社員とともに渡米して、そこで教育に当たっていた。

アメリカ留学をする社員とともに渡米して、すべての点において有能な男だったがゆえ、アメリカ支店勤務時、シルフィにヘッドハンティングされた。

穏やかな顔をしているが、その裏で驚くほど冷酷で非情な策略を練る、非常に癖のある今年三十九歳になるはずの男は、まさにシルフィという会社を物語っている。

現在、シルフィとの折衝で真田の名前は出ないし、彼がどの部署でどういった動きをしているかは知らない。しかし、オニキスの実情を知り尽くした経営やM&Aのプロが、今回の件に関わってこないわけがない。

彼の笑顔が、甘利の瞼の裏にくっきり蘇る。

甘利は、真田が引き抜きに合う前の二年、彼の下でM&Aに関する実務を学んだ。今の甘利を甘利たらしめたのは、真田であったと言っても過言ではないだろう。

そのぐらい彼は、カリスマ性のある、毒の味のする魅力的な男だった。

「とはいえ、どうシルフィが動くにせよ、我々がすべきことはひとつです。そして、勝利は我々の手中にあります。各自、割り当てられた部分については、再度見直しておいてください」

岸のまとめで会議は終わる。

「真田さんとは連絡を取ってないのか？」

資料を整えている甘利に、坊城が探りを入れてくる。甘利の背筋が一瞬冷たくなる。

「……どういう意味ですか、それは」

いつもなら流せる話でも、さすがに今は冷静ではいられない。思わず手を止めて軽く息を吸ってから、甘利は坊城の顔を見つめる。

「そんなに怖い顔をしなくてもいいだろう？　真田さんに一番可愛がられていたのが甘利だったから、聞いただけだ」

坊城は困ったように肩を竦《すく》める。

彼の性格ゆえの言葉であり他意はないとわかっていても、これは素直に聞けない。

「ご期待に添えず申し訳ありませんが、転職されてから、一度も真田さんとは連絡を取っていません」

早口に応じ、甘利は書類を手にして自分の机に戻る。

「本当に？」

「坊城さんに嘘《うそ》をついてなんの利があるというんですか」

しつこく聞いてくる坊城に、甘利はつっけんどんな口調で返す。

「そんなに疑うなら、直接真田さんにお尋ねくださっても一向に構いません。ちなみに、現在どこに住んでいらっしゃるかは存じ上げません。俺はそろそろセミナーの時間なので、お先に失礼させていただきます」

会議が長引いたせいで、昼食を摂る時間もない。

甘利は急いでセミナーに出席するために必要なビジネス書と資料を鞄《かばん》につめると、コートを持った。

「眠くならないよう、頑張るんだな」

振り返った甘利の手に、坊城はメンソールの飴《あめ》を投げて寄越す。彼なりの詫《わ》びなのかもしれない。

「ありがとうございます」

甘利はそれをしばらく見つめてから坊城に会釈して、部屋を出た。


「真田さんの名前なんて出さなくてもいいじゃないか」

簡単に怒りは収まるものでもない。独りごちながら、甘利は新宿《しんじゅく》駅へ向かっていた。

朝に比べて太陽は高い場所に上り、気温も上がっている。しかしときおり吹きつける強いビル風に、甘利は全身を強張らせる。

アメリカにいた当時、真田には公私を問わず様々なことで世話になった。

甘利は彼を信頼していたし、慕ってもいた。坊城はそんな甘利と真田の関係を知っているらしい。だからあえて真田のことを尋ねてきたのだろうと思う。

甘利が自分の性癖に気づいたのは、大学時代だった。もっと幼い頃から違和感は覚えていたが、確信を持てたのがその頃だった。そして実際に男と関係したのは、渡米した先で、真田とが初めてだった。

真田に惹《ひ》かれた一因には、父親の存在があるだろう。

厳格で曲がったことを許さない父は、家長としての権力を振るい、息子に対しても必要以上の禁欲を強いた。

もちろん、先天的なものも影響しているだろう。けれど、父親の元で強いられた必要以上の禁欲生活の反動が、一人になった途端、訪れた。自分ではそう分析している。

甘利が真田を好きになったとき、彼にはすでに妻子がいた。妻を愛し子どもを愛する父親だと知っていた。ずっと自分のそばにいてくれる人間ではないと、最初から心の底でわかっていたはずだった。

けれど、堪えられなかった。秘めれば秘めるほど、駄目なのだと思えば思うほど、甘利の中で真田を想う気持ちは強くなった。そして爆発した感情のままに、甘利は自分から真田に迫ったのだ。

そんな形で始まった二人の関係は、真田の転職を機に終わりを告げている。以来、一度も連絡を取っていない。連絡を取りたくても取れていないのが、事実だ。

真田という男は厳しかったが、それと同じだけ優しかった。

すべての面で甘利という人間を受け入れ、理解し、育ててくれたのだ。

真田との間にあった関係を、否定はしない。だがそれを、こんな形で勘ぐられるのは不本意だった。

風の噂《うわさ》に彼の名前を聞くたび、心で血を流し、今日まで堪えてきたのだ。

帰国してから、穴の空いた心臓を繕い続けてきた。その繕いを、思いやりのない無意識の言葉で、再び乱暴に引き千切《ちぎ》られたような気分を味わっている。

一番辛いのは、この程度のことで容易に傷ついている自分だ。辛い想いをするのが嫌だから、彼と別れたあと、一夜の相手しか求めないようにしていた。遊び上手なフリをして、翌朝、次の約束を取りつけることもなかった。

遊びであれば、振った振られたという関係は生じないし、友人であれば友人のままいられる。

知らない人間も、知らないままで終わる。

けれどふとした瞬間に、激しい虚脱感に見舞われるのも事実だ。

別れが怖いから、相手を好きにならない。相手を好きになりたくないから、相手のことを知らないようにした。

相手に傾きかける気持ちを逸らすために、ゲームなのだと言い聞かせた。そう理解した。その——はずだった。それなのに彼の名前を聞くだけで、動揺する自分が悔しい。

「開き直ったつもりじゃないのか、甘利匡」

自問自答している間に、駅へ辿り着く。

瑞水主催のビジネスセミナーは、六本木《ろっぽんぎ》通り沿いにある全日空《ぜんにっくう》ホテル内の会議室で行われる。甘利は普段、新宿駅から丸ノ内《まるのうち》線で赤坂見附《あかさかみつけ》まで行き、そこで銀座《ぎんざ》線に乗り換え溜池山王《ためいけさんのう》駅で降りている。

交通費は全額支給されるし、タクシーの利用も許可されている。しかし昼間のこの時間、都心を移動するには車よりも地下鉄のほうが、遥かに安くて遥かに早い。

ホテル方面へ通じる駅からの地下コンコースが長いのが少々難だが、この程度はやむを得ないだろう。

今日は、時間に余裕をもって会社を出てきた。大学の講義ではないのだから多少の遅刻は許されるが、しんと静まった会場に入るのが嫌だった。

おまけに先週は遅刻寸前で、ひたすら走る羽目に陥った。あんなことは、二度としたくない。

歩き慣れた通路を歩きながら、先週の光景が甘利の脳裏に蘇る。

全速力で走って足がもつれ、人にぶつかった挙げ句、手にしていた封筒の中の書類を地面にばら撒《ま》いてしまった。周囲の冷たい視線を浴びながら書類を集めていた甘利を、一人の青年が助けてくれた。セミナーに参加している、今日甘利が坊城と話題にした学生だ。

甘利の掌に、あのときの男の掌の温もりが蘇る。走ろうとしない甘利の手を握り締めた彼の手は、大きくてとても暖かかった。

自分を見つめて浮かべられた笑みは無邪気で、まるで少年のようにあどけなかった。

「……なんて、ぼんやりしている暇はない」

思い出に浸りかけたところで我に返り、再び会場へ向けて歩き始める。

地下の会議室へ入ると、甘利は自分の席に座る。

コートを脱ぎ資料を準備しながら、前方の席でいつものように机に突っ伏して眠る男の姿に視線を向ける。

「……相変わらずだな」

無意識に呟《つぶや》いて肘《ひじ》をつき、彼の姿をじっと見つめる。

毎回あれだけ眠そうにしているのは、なぜだろうか。

学生の頃の自分を思い返してみても、今よりよほど楽な生活をしていた。

バイトでもしてるのだろうか。というよりは、あの外見からすると、遊ぶほうで忙しいのかもしれない。決してお洒落とは言えないが清潔感のある服装を身に着けた彼は、とにかくプロポーションのよさが際立っていた。

百人いる受講者の中で彼が目立った本当の理由は、背広の中にジーンズ姿が一人だったとか、居眠りをしていたからではない。

まるでコレクションモデルのように、均整の取れた体格が最大の理由だ。

一体、彼は、何者なんだろうか。

甘利がぼんやりそんなことを考えているうちに、講師が会議室に入ってくる。

「それでは、五回目の講義を始めます。先にお渡ししている資料を開いてください。そこで寝ている君も」

マイクを通した声に指摘され、男はようやく顔を上げる。

「すみません……」

彼は悪びれずに、ぼそりと謝りの言葉を口にする。

そして眠そうに目を擦りながら、あたりを見回す。そして振り返って、自分を見ている甘利の視線に気づいた。

しまったと思って視線を逸らそうとする甘利とは逆に、彼は笑顔になり、テーブルの下でひらひらと手を振ってくる。

不意打ちを食らって、甘利の顔が一気に熱くなる。

慌てて顔を逸らし講師の話に耳を傾けるが、視界の隅には彼の姿が映っている。

椅子に座っていてもわかる長い四肢に、笑うと幼く見える顔つき。全体的に骨張った体で、肩幅が広い。指も、ごつごつとしていて、長かった。この間、書類を拾ってもらったときに、確認している。

頭は小さく、首は太く長い。

声は高からず低からず、やけに爽《さわ》やかに見える白い歯が印象的だ。

「……マズイ」

甘利は顔を両手で覆い、俯《うつむ》いてぼやく。

帰国して、戦略事業部に配属されてからというもの、仕事仕事で日々を忙殺され、恋愛などしている暇はなかった。

何度か一夜の相手を求めて夜の新宿をさまよったこともあるし、必要に駆られて自慰をすることはある。だが、誰かを欲して、堪えられない想いの果てに誰かを思い浮かべながら自慰した記憶は久しくなかった。

坊城に言われるまでもない。

彼は、甘利の好みなのだ。ぱっと見からでもなんとなくそう思っていたが、細かい部分を知れば知るほど、それを痛感する。

もどかしさと強い羞恥に駆られながらも、そっと顔を男に向ける。

しかし彼は、再び顔をこちらに向けたまま机に突っ伏し、眠り始めていた。

遠目に見てもわかるほど、睫毛《まつげ》は長く鼻筋も通っている。開かれると彼の目は、はっきりとした二重だった。しかし甘利の二重とは違い、どんぐりのような目ではない。どちらかと言えば、涼しげな印象が強い。

だらしなく開かれた唇の間から、舌が微かに見える。微妙に動くその様を見ているだけで、背筋がぞくりと震える。

「交渉のメカニズムのひとつ、単一争点交渉について、説明をします。交渉のメカニズムを理解するために……」

淡々と続く定型の経営論など、今さら聞く必要もない。

甘利はボールペンの背を軽く齧《かじ》ったまま、眠り続ける男の顔をじっと見つめていた。確実に自分の興味は、彼に向いている。

真田に惹かれたときを思い起こさせるように、自分では歯止めがきかない。

そんな危うい感じがしていた。

2

ホテル地下にある会場には、多くの人間が集まっていた。百人規模の結婚式を行う部屋を、二つぶち抜きで使用している。

受付を済ませて名札をもらい、中に入ってすぐシャンパンが差し出された。

食欲をそそる匂いのする料理が盛られた銀のプレートが、壁側に備えられたテーブルの上に並べられている。

上座に設けられた舞台には、『瑞水《たんすい》飲料主催、ビジネスセミナーを祝って』と書かれた垂れ幕が下がり、ホテルの人間が準備に忙しそうだ。

「ずいぶん盛大なパーティーなんだな」

セミナーに参加していた人間が、驚いたように呟く。甘利《あまり》もまた、同じことを思っていた。

瑞水の現社長がお祭り好きで、しばしばパーティーを催しているのは知っていた。しかしまさかセミナーの終了を祝うだけの会を、ここまで盛大な形で行うとは思っていなかった。

周囲を見てみれば、テレビで見る政財界のトップの顔もある。さらに芸能人も姿を現している。

「君たち、そんな端っこでくっついていないで、食事をして酒を飲みなさい。セミナーは次回で終わるんだ。受講者同士の交流を図るでも、他社の人間と面通しをするでも、好きなように動いて構わないから」

なんとなく居心地の悪さを覚えて立っていた受講者のもとへ、講師でもあったコンサルタント会社の社員がやってくる。彼の話は、瑞水の他の人間の説明に比べれば、遥かに実務的でわかりやすかった。

「毎年こういう形で催しているんですか？」

「一応、第一回の頃から食事会はあるね。だが、三年か四年ぐらい前、かな。会長から社長に代が替わったときから、こういう形になったはずだ」

講師の話を聞き、なるほどと甘利は思う。

セミナーの終了を祝う目的よりも、瑞水や現社長の自己顕示欲が先に立っている。

他の受講者から離れ、シャンパンを手にして、フロアの後ろから全体を見る。さりげなく目を周囲に向けているつもりでも、気づけば彼を探している。

背広の中で、ジーンズは目立つだろうと思うのだが、もしかしたら、堅苦しい場所は苦手で、帰ってしまったかもしれない。

そう思いつつも視線をさまよわせていると、背後から不意に肩を叩かれる。

「もしかして、俺のこと、探してます？」

はっと振り返って、甘利は息を呑《の》む。探していた当人が、そこに立っていたのだ。

講義に出ていたときと同じシャツの上にフリース素材のパーカーを羽織り、下半身はジーンズ姿のまま。手にあるワイングラスが、カジュアルな姿になんとも不似合いだ。

「……だ、れが、探してなど……」

「あれ、そうですか？　講義の間も、ずっと貴方《あなた》の視線を感じていたように思ってたけど、俺の気のせいだった？」

飄《ひょう》々《ひょう》と言ってのけて、男は笑っている。

細められた目尻には小さな笑い皺ができていた。

「——何が言いたい？」

甘利は慎重に男の顔を窺《うかが》う。

シャンパンを持つ手が微かに震えているのに気づいていたが、隠しようもない。

「別に。ただ、俺は貴方のことをずっと見てたから、貴方が俺のことを見ていてくれたなら、ラッキーだと思っただけのこと」

しかし男は、甘利の警戒心を解くような邪気のない笑顔を浮かべ、あっさりとこんな台詞《せりふ》を言ってのける。

甘利は思わず、ぽかんと相手の顔を見つめてしまった。

「前から思ってたけど、整った顔、していますよね。下手な女の子より、よっぽど綺麗《きれい》、というか、可愛いというか。髪、パーマかけているんですか？」

不意に顔に向けて伸ばされた大きな手に、甘利は驚きで咄嗟《とっさ》に身構える。

しかし彼は太く長い指に甘利の髪を巻きつけるだけで、身を引く甘利の表情を上から眺め、嬉《うれ》しそうに笑っている。

「……君、ねえ……」

文句を言う前に、会の司会者の声が響く。

「ご歓談中、申し訳ございません。ただいまより、瑞水飲料株式会社の代表取締役である、東《しょ》海林兼次《うじかねつぐ》より皆さまへのご挨拶をさせていただきます」

「おっと、まずい」

男は右の眉《まゆ》を上げ、小さく舌打ちする。そして近くを通りすがったホテルスタッフにワイングラスを渡し、そのまま出口へ向かって歩いていこうとする。

「ま、待てっ」

咄嗟に体が動き、甘利の手は、男のパーカーの裾を摑んでいた。振り返って男は甘利に怪訝《けげん》な視線を向けるが、そのまま甘利の肩を引き寄せる。

思っていたよりも厚い胸に、額が押しつけられる格好になる。服に染みついた煙草の匂いが、微かに鼻を掠《かす》めた。

男はそのままの体勢で、人目を避けるようにして壁際まで移動した。

「何をする……っ」

「貴方が俺の裾を摑むからでしょう」

低い声で告げる男の視線は、舞台に立った瑞水の社長へ向けられている。

「皆様。お忙しい中、我が社主催のビジネスセミナー終了祝賀会にご出席くださいまして、ありがとうございます。わたくし東海林兼次が、我が社を代表して御礼申し上げます」

今朝読んでいた雑誌に出ていたのと同じ、白髪が多い恰幅の良い男が、はちきれそうな腹に手を置いていた。

単なるうだつの上がらない中年親父という印象が強く、カリスマ性は微塵《みじん》も感じられない。それは、帝王と呼ばれた前社長と比べるせいだけではないだろう。

脂ぎった額に汗を浮かばせ、高飛車な態度と間延びした声で挨拶されても、まるで耳を貸す気になれない。

瑞水の先も見えたものだ。そう思いながら甘利が視線を横に逸らすと、隣りの男は食い入るような視線を壇上の社長へ向けていた。全身に緊張感が漲《みなぎ》り、体の横で握られた拳《こぶし》が、微かに震えて見える。

「……我が社は戦前から続く結束の固い組織力を活かし、現在の不況を乗り切るため、お客様を一番に考え、またお客様のニーズに応えられる、柔軟で堅実な戦略を練っております」

「何が、戦略だ。ろくな定義も知らないくせに、もっともらしいこと抜かしてんじゃねえ」

男がきつい口調で吐き捨てるように呟くと、肩にある指に力がこもる。

「痛い」

「悪い。つい……」

甘利が抗議の声を上げると、男は慌てたように肩に置いた手を放す。そして前髪をかき上げ、大きく息を吐き出すと、男の全身から力が抜けるのがわかる。

「どうした?」

「戦略って……」

心配して甘利が声を上げるのと、男が質問を投げかけてくるのはほぼ同時だった。二人して目を合わせ、肩を竦める。甘利は手を差し出し、男に先を譲った。

「今の瑞水の社長の演説の中に、具体的な営業戦略があると思った?」

「……体裁を取り繕った挨拶以上の含みは感じられなかった」

なぜそんなことを自分に聞いてくるのかと思いながらも、甘利は正直に応じる。

「柔軟で堅実な戦略は可能だと思う?」

「企業は常に勝たねばならない以上、明確で深い特徴づけが必要だ。そのためには、堅実であり柔軟である、などという二兎《にと》を追うような戦略は絶対に無理でなくても不可能に近いことだと思う。君はどう解釈した?」

「可能不可能の問題じゃないね。あの人はきっと、戦略の定義も知らなければ戦略マインドもない。過去の栄光にしがみついて、胡座《あぐら》をかいたまま、自社のポジショニングも見えていないし、経営戦略的に何が今重要なのかもわかっていない。いまだに、政府がテコ入れしさえすれば、状況は好転すると信じてるクチだろうね。経営入門書から始めたほうがいいよ。ああ、彼自身、ビジネスセミナーに参加して、現代の経営のイロハを学ぶといいかもしれない」

男は早口に、辛辣《しんらつ》な言葉を続ける。

日本には、戦略のない会社が多いと言われている。当たり障りのない人間がトップに立ち、危険を顧みず、全身全霊を懸けて戦略を考えようとはしない。机上で学んだあと、実際にオニキスに入社して実務を経験した甘利は、それを痛感した。

そして不況に陥った世の中で、明確な戦略のある会社は生き残り、業績を伸ばしている。

「戦略、および戦略マインドのない瑞水の将来を、君はどう考えている?」

「ゆでガエル」

間髪入れずに男は答える。

男は常に笑顔を浮かべていたが、今の会話の間、遠い先を見据えていた。瞳の奥には強い光が宿り、唇は真一文字に結ばれている。

笑うと幼く見える表情が、一人の大人の男の横顔に変わる。それを目にしたとき、甘利の心臓が強く鼓動を始める。

講義では常に居眠りをしていたが、男の頭の中には経営のなんたるかが頭に叩き込まれているのかもしれない。

断定的に瑞水を「ゆでガエル」と言い切るには、なんらかの理由があるのではないか。甘利はその部分に強い興味を抱く。

「ねえ、抜け出しません？」

男はいつもの笑顔に戻ると、甘利の顔に向き直った。

「抜け出す？」

「このまま、あの社長の意味のない話を聞いていても意味がないと思うでしょう？　俺、どうせなら貴方と二人だけで、じっくり経営論について語り合いたい」

なぜ？　咄嗟に甘利の頭に疑問が浮かぶ。

瑞水の社長の挨拶を聞いて、わずかに会話しただけだ。それなのにどういうつもりで、自分を誘うのだろうか。

真意を図りかねるものの、甘利にその誘いを拒む理由はない。

坊城に宣言したように、この男が何者なのか、正体を知るには個人的に話をしたほうが早道だろう。それに。

「俺も今、同じことを考えていたところだ」

甘利は笑顔を湛える。真意は隠しているが、そう思ったのは事実だ。

「気が合うみたいだ、俺たち。よかった、断られたら、どうやって口説こうか悩んでいたところだったんだ」

男は無邪気に喜ぶと、いつかと同じで甘利の手を握り締める。

「じゃ、行きましょう」

そしてまたいつかと同じように、そのまま甘利の手を引いて出入口へ向かう。

「ちょっと、待った」

甘利は会場外で足を止める。

「なんで？　やっぱりパーティーに未練がある？」

「荷物がクロークに預けてあるんだ。取ってこないと……」

「どこ？　この階？」

「いや、上のフロントのある階だが」

「だったら気にしないでいいよ。これから行くの、ホテル内のバーだから」

男はそう言って、甘利の手を握り締めたまま、エレベーター前へ向かった。


案内されたガラス張りの窓の前の席からは、赤くライトアップされた東京タワーが見えた。テーブルに置かれたメニューの中から、甘利はとりあえずウィスキーの水割りを頼み、男はビールを頼んだ。つまみに野菜スティックとチーズの盛り合わせを注文する。

腹が空いていることに気づいて、せっかくのパーティーだったのだから、少しぐらい食事をしてから出てくれれば良かったと、バーを訪れてから後悔した。

金曜日のせいか、バーの客はカップルが大半を占めていた。その中で背広姿とジーンズ姿の男の組み合わせは、妙に浮いている。

誰に見られているわけでもないのだが、なんとなく落ち着かない気持ちで甘利は組んだ膝《ひざ》の上で手を絡み合わせ、たまに横目で男を盗み見る。

いかにも学生然としていながら、バーに入るときも、そして席に案内されてからも、まるで萎縮《いしゅく》した様子を見せていない。それどころか、ジーンズ姿であることを忘れさせるぐらい堂々としていて、ふてぶてしささえ感じられる。

「なんか」

しばしの沈黙を破り、男が口を開く。

「俺たち、デートしてるみたいだ」

甘利に向けられた顔は、真剣だった。どう対処したらいいかわからず、甘利は表情を強張らせる。

「……確か、経営論を語るために、パーティーを抜け出してきたと記憶しているが」

「口実」

「――帰らせてもらう」

「あ、嘘」

立ち上がりかけた甘利の体を、男は椅子に腰かけたまま容易に椅子に戻す。

「嘘ってのは半分嘘だけど、貴方と話をしてみたいと思ったのは事実です」

甘利が男をじろりと睨《にら》むと、男は満面の笑みになる。一人熱くなっているのが空しく思えた。

「だったら、とりあえず名前を教えてもらえないか」

「ミスターX」

「ふざけているのか君は」

椅子の背もたれに背中を預け、甘利は膝の上に手を置いた。

「俺は甘利匡《ただし》。君は？」

「……圭太《けいた》」

一瞬の間を置いて、男は諦めたように下の名前を口にする。

「名字は？　下の名前で呼び合うほど、打ち解けていないつもりだが」

「……根岸《ねぎし》、圭太」

言いかけた言葉を飲み込み、フルネームを口にする。自分を見つめる甘利の視線に気づき、圭太と名乗った男は肩を竦める。

「甘利さんって、思っていたよりも細かいことを気にするんだね。ちょっと意外だな」

「他人の本質を知らずに、勝手に相手の姿を想像するのはよくないと思うが？」

「確かに。でもそう言う甘利さんだって、俺の本質を知らないのに、色々想像してるだろう。口にしないだけで」

根岸圭太は、窺うような視線を甘利に向けてくる。薄皮一枚隔てたところにある本当の姿を、彼の真っ直ぐな瞳には見抜かれているのかもしれない。

「討論すべきは、互いの人間性についてではないはずだ」

慌てて取り繕ったところで、図星をつかれた動揺は簡単に収まらない。

「そうだけど、とりあえず乾杯してからにしない？」

タイミングよく、頼んでいた酒とつまみが運ばれてくる。

なんとなく話を逸らされたようだ。おまけに、圭太の口調も変わっている。

しかし甘利は何も言わずにグラスを手に取って、圭太の手の中のグラスと軽く重ねた。

「乾杯」

圭太はぐっとビールを、一気にグラス半分ぐらい飲む。上下する喉仏《のどぼとけ》に、甘利の視線は引きつけられる。

「経営について、それぞれ命題を出していきましょうか」

「命題？」

「そ。さっきみたいに、問われたほうは、自分なりの答えを出す」

「了解。ところで、煙草、いいかな？」

「俺も聞こうと思っていたところ。気が合うね」

圭太もまた、キャスターマイルドをジーンズの後ろのポケットから取り出す。ケースはもちろん、煙草もくちゃくちゃになっていたが、気にせずに銜《くわ》え、ライターで火を点けた。

肺まで煙を吸い込み、ゆっくり吐き出す。やけに様になる姿に見入っている自分に気づき、甘利は慌てて自分の煙草に火を点け、先に口火を切る。

「瑞水がゆでガエルだとさっき断定していたが、具体的に何をもってそう思った?」

「突然そこからきます? せめて一本吸い終わるのを待ってくださいよ」

灰を落としながら、圭太は笑う。

「俺が改めて言わなくても、今の瑞水の腐敗ぶりは明らかでしょう。具体的にも何も、現場にいる人間がどれだけ現状に即した経営方法や営業戦略を考えたところで、頭の堅い人間に決定権が委ねられていたら、うまくいくわけがない。これは当然のことだ」

カウンターに肘をつき、顎《あご》を乗せた圭太の指の間から、ゆっくりと煙が天井に向かって上がっていく。

圭太が口にしたことは、世間一般で指摘されている瑞水の体質的な問題だ。甘利の欲している答えではない。

「瑞水が将来的に生き残るために必要な営業戦略は何が考えられる?」

「続けての質問はずるいな」

圭太は再び長くなった灰を落とす。

「さっきも言ったけど、まだ戦略以前の問題があるね。とにかく事業の再編から始めなければ無理だ。あの会社は多角経営に手を伸ばしすぎたと思う」

文句を言いつつも、圭太は冷静な判断を口にする。さらに具体的に、ボストン・コンサルティング・グループが考案したプロダクト・ポートフォリオ・マネジメント（PPM）と呼ばれる事業再編の方法により、瑞水飲料の主要事業を、市場占有率と市場成長率の関係から四つ、すなわち花形成長業務である「花形」、成長率は低いが圧倒的なシェアを誇る「金のなる木」、競争率の激しい「問題児」、さらに飽和状態の「負け犬」に業務を分類した。そして彼は清涼飲料販売分野を、「負け犬」だと称した。

オニキスの戦略事業部でも、同じ判断を下している。しかしその理由が、圭太の場合、一味も二味も違っていたのだ。

マニュアルを鵜呑《うの》みにした考えではない。彼の頭の中にある、詳細なデータに基づいている。驚くべきほど明確で説得力のある説明に、甘利は夢中になって耳を傾ける。

グラスが空になるとどちらからともなく追加を頼み、喋ることで渇いた喉をアルコールで潤し、それによってさらに話は白熱していく。

「ではGEの九つのマトリックスによるビジネス・スクリーンでも同じように分類するのか？」

甘利の問いに圭太は肩を竦める。

「枠組みが変わるだけで、結果は同じでしょう？　ポートフォリオで何をするかと言えば、リーダーが自社の本質を理解するだけだ」

「それを理解したリーダーはどうなる？」

「革新的戦略を打ち立てれば、勝てるかもね」

圭太は意味深長な笑みを浮かべる。アメリカの大学で経営論を学んでいた頃に感じた、相手の考えを探り、その数歩先を読んでいくような、ゲーム理論における交互行動ゲームが、この場で実践されている。

『経営の場だけではなく、日々の生活でゲーム理論は生きているよ』

かつて甘利は、真田《さなだ》にそう教わった。

複数の当事者が存在し、それぞれの行動が互いに影響を及ぼし合う状況であれば、それがすなわちゲームなのだ。その中で、根拠をもって相手の言動を推測し、予測し、自分の行動や意思を決定する。

甘利は高度な分野にまで話を進めるが、圭太はそれにしっかりと食いついてくる。酒に飲まれることはなく、かえってはっきりした口調で彼は論理的な展開を図る。

普通の学生ではないだろう。

そう思っていた予感が、確信に変化する。

セミナーに参加せずとも十分なほど、圭太は知識がある。

彼の理論は、正当な道を歩きながら、ときに思わぬ発想を含んでいる。最終的に同じ結論を生む場合でも、経過において彼の独自の観点が大きく影響しているようだ。

物を画一的に見ない、常に真っ白な状態から考えられるゼロ思考が備わっている。

甘利はこれまでに何人もの人間に出会った。たいていの人間はこの理論を理解しながら、実際にはできないと断言した。

なぜなら自分は人間であり、ゼロに戻そうとしたところで、無意識下における知識までをゼロに戻せないからだ――彼らはそう口を揃えた。

だが甘利は、場合によってはそれのできる人間を、一人知っている。

真田だ。彼は、甘利など遠く及ばないほどの理論や知識、そして経験を重ねていたが、常に新しいものの考え方ができる思考パターンを持っていた。ゼロ思考であり、かつプラス思考の持ち主だった。

真田と圭太。似ても似つかないはずの男たちが、甘利の頭の中で、ひとつの理論において結びつく。それを、甘利は違うのだと自分の中で否定する。

「それだけ理解できていて、どうしてあのセミナーに参加していたんだ？　いまさらノウハウセミナーなんて、君には無意味だろうに」

ひと通り、それこそ理論上だけではなく実務の深い域まで語ったところで、甘利は圭太自身への質問を口にした。

「人の薦めがあったから、様子見に参加しただけ。初心に戻ってまっさらな気持ちで経営を学んでみようかとも思ったけれど、経営論は理論であって、実践に移さなくちゃ意味がないね。そう言う甘利さんは?」

「様子見とは余裕だね。まあ、俺も似たようなものだが。うちの会社からは、毎年一人ずつ、セミナー参加が強制されている。数合わせだ」

甘利は答えてから、そういえば自己紹介をしていなかったことを思い出す。

「名刺だったらいらない」

慌てて名刺ケースを探して胸ポケットを探ると、先に断られてしまう。

「どうして」

「俺は単に経営論を語り合いたかっただけで、別に甘利さんと会社のつき合いがしたいわけじゃないから」

圭太は何杯目かわからないビールをぐっと飲み干した。

顔色も口調もまるで変わらないが、相当飲んでいるはずだ。もちろん、ウィスキーに比べればビールのほうがアルコールの度数は低いが、量が半端ではない。

「……じゃあ、どういうつき合いをしたくて、俺をバーに誘った?」

酔いが回っていたのだろう。素面《しらふ》であれば、口が裂けてもこんなことは問えない。

「そんな意地悪なことを質問してくるなら、俺も同じことを聞こうかな。甘利さん、どうして俺の誘いにのって、ここまでついてきたの？　経営論を語るためとか言って、貴方みたいな知識の持ち主なら、普通の学生じゃまともに相手になるわけないだろうに」

甘利がプライドぎりぎりのところで堪えていることに、圭太は気づいているのだろうか。ソファの肘置きに乗せた腕に、彼の手が置かれる。

指を立て、微妙に甲に伸ばされる感触で、全身に鳥肌が走った。

上目遣いに視線を向けても、彼は笑ったままだ。

「何が言いたい？」

「怒らないでよ。実は俺、今日このホテルに部屋を取ってあるんだ」

「なんで？」

心臓が強く鼓動する。

「今話したセミナーを薦めてくれた人が、今夜はパーティーがあるから遅くなるだろうと心配してくれて予約してくれた」

甘利の動揺を知ってて、彼は涼しい顔で続ける。

「そろそろバーも閉店だから、部屋で飲みませんか？」

パーティー会場と同じで、ここまで言われると、甘利に断るだけの強い意志はない。

すでに羞恥をするだけの理性は酒に溶かされ、抑圧されている本能がゆっくりと目を覚ましている。年下の男に足元を掬《すく》われ、浅ましい欲望すら見透かされているかもしれないという自虐的な気持ちが、悦びへと形を変えようとしている。

頭の中で、自分が堕ちるまでの、カウントダウンが始まる。

腕にあった圭太の手が、するりと肘置きを滑って甘利の膝に移動する。

指を開き、大きな手で腿《もも》をそっと撫《な》でていくところで、カウントエイト。

触れられた場所から、掌の温もりが全身に広がる。

圭太は背中を丸めるようにして、その手から逃れられずに俯いた甘利の顔を覗《のぞ》き込むようにする。カウントファイブ。

「パーティー会場でも言ったけど、甘利さんって綺麗な顔をしていますよね。俺の知ってる女の子たちよりも、ずっと綺麗だ。艶っぽいし、もっと近くで見てみたい」

アルコールの匂いのする熱い吐息が、甘利の頬を掠める。酔いのせいで過敏になった感覚が、全身に広がっていく。艶っぽいのは圭太のほうだ。残りわずか。

「俺は女じゃない」

なけなしのプライドで、その手を払う。

耳や頬が熱いのは、アルコールの酔いのせいだけではない。

「わかってる」

低い声で応じた圭太は、振り払われた手で甘利の手を掴む。握られた場所から全身に熱が広がっていく。

「わかってるから、混乱している」

その言葉に惹かれるように顔を上げた甘利の視線の先に立つ圭太は、頬を赤く染めていた。さらには、空いているほうの手で鼻の下を擦っている。最後、残りゼロになるぎりぎりで、カウントが止まる。

甘利は理解する。この展開に、自分だけが混乱しているわけではない。

目一杯張っていただろう虚勢が消えた圭太の戸惑いが伝わってくる。

強い欲望を抱えながら、頭のどこかで否定する気持ちが拭《ぬぐ》えずにいるのだろう。理性よりも強い性欲が、心の中で葛藤を続けている。しかし、傍から見てもこの闘いの勝者は明らかだった。ほんの少しの勇気ときっかけさえあれば、本能に素直に従えるのだろう。

甘利の気持ちが楽になり、余裕が生まれる。

圭太相手に動揺しているのは甘利も同じだったが、少なくとも男相手にこうした気持ちを抱くのは、初めてではない。

言葉での相手の探り合いは終わりにして、正直な欲望を打ち明け合いたい。恥じるべきことではなく、初対面であれ、ここまでの気持ちを抱けた相手に出会えた幸運に感謝すべきなのだ。

開き直った甘利は握られた手を自分から握り返し、伝票を手にしてから立ち上がる。

「部屋は何階？　チェックインは済んでるのか？」

「……甘利さん」

圭太の瞳から、先ほどまでの自信に満ちた強い光が消えている。縋《すが》るような甘さを秘めた儚《はかな》さにもまた、甘利は強く心惹かれる。

この男が他にどんな瞳や表情を持っているのか知りたいという生々しい衝動が、アルコールに浸された脳を埋め尽くしていく。

「さっきの互いの質問は、部屋でゆっくり答えることにしよう。そのほうがきっと、素直な言葉で話せると思う」

相手の返事を予測し、さらに次の行動を予想しながら自分の欲しい言葉を導くために、腹の中を探り合う。

大人の余裕を取り戻しながら、内心、甘利の心臓ははちきれそうなほど強く鼓動し、体は微かに震えていた。それを圭太に悟られないよう笑ってみせる。

「困惑する必要はない。人間は本来、自分の欲望に正直な生き物なんだから」

頭の中で、たった今自分が口にした台詞がリフレインされる。

相手にだけ告げた言葉ではない。

講義で何度か顔を合わせ、まともに会話をしたのも今日が初めてだ。そんな相手と、何をしようとしているのか。

芽生えかける躊躇《ちゅうちょ》を、甘利は何度も抑えつけている。何もなかったことにするのは簡単だ。

酔った上での戯れ言で済ませる手もあるだろう。
けれどその選択肢は、今の二人の間に存在しない。
フロアを歩くときには手を放した。
なくなってしまった温もりをもう一度取り戻したくて、早足になった。

3

触れそうで触れない微妙な距離を保って歩き、会計を済ませてエレベーターに乗り込む。

あいにく二人だけではなかった。押した二十五階で止まったとき、他の人の視線がやけに気になった。

押し潰《つぶ》されそうな沈黙を堪え、逃げるようにしてエレベーターを降りる。

部屋まで続く、絨毯《じゅうたん》の敷きつめられた廊下を歩く間も、ずっと無言だった。

廊下を途中まで歩いたところで、圭太《けいた》は足を止める。そして彼はすぐ後ろについてきている甘利《あまり》を振り返った。

目で問いかけられたところで、何を答えたらいいかもわからない。

意味もなく頷くと、彼はすぐに鍵を開けて、扉を中へ押し開いた。

「どうぞ」

緊張しているのだろうが、圭太の仕種は優雅だ。促されて、甘利が先に入る。

シングルか、もしくはせいぜいスタンダードツインを想像していた。しかし実際は、リビングと寝室が分かれたスイートタイプだった。

灯りを点けられても、間接照明のせいで、あまり明るくはならない。仄《ほの》かなオレンジ色の光の中で、甘利はコートと鞄を下ろした。

「君にセミナーを薦めてくれた人は、何者……？」

後ろにいた圭太を振り返ろうとした瞬間、甘利の体は男の腕に抱き締められた。抵抗する間はなかったが、抵抗するつもりもなかった。

「甘利さん」

首筋に額を押しつけたまま、圭太は甘利の名前を口にする。先ほどの問いに対する答えでないことは明らかだ。

「俺、頭、変なのかもしれない」

熱い吐息が首筋を擽る。微かな苦悩を秘めた言葉に「なぜ？」と問う。

「貴方が男だとわかってても、抱きたくてしょうがない」

思いつめたような言葉に、甘利は小さく嘆息する。

「男相手は初めて？」

直球の問いに、背中にへばりついている男の体が微かに反応する。腰に押しつけられたものは強い欲求を示しているが、同時に戸惑う気持ちも抑えられないのだろう。

「あれだけバーで挑発してきたのに？」

「……………照れ隠しだった」

吐息での答えが、微笑ましい。思わず甘利の口元が綻《ほころ》んだ。

初めて男とセックスしたとき、自分は圭太のように、純粋だっただろうか。

記憶を辿りながら、甘利は自分の体に回った手をそのままに、ゆっくり振り返る。

羞恥に全身が震え、欲しい気持ちを堪えているのは自分だけではない。そう思ったら、相手に優しい気持ちを抱ける。

「こうしていて、嫌悪はある?」

吐息の感じる距離で、目と目を合わせる。常に甘利を見つめて笑顔だった圭太の顔が、今は少し違って見える。

まじまじとこうして改めて見ても、圭太の顔は二枚目だ。派手ではないが、バランスが取れたいい顔だと思う。

経営論を語っているときとは違う、頼り甘えるような視線が、甘利に答えを告げる。

「ない」

「じゃあ、これは?」

首に手を回し、背伸びをした。

百七十四センチある甘利よりも、圭太は軽く十センチは背が高いだろう。だから、相手の協力なしでは、啄《ついば》むようなキスにしかならない。

「——あの」

「嫌か」

甘利の唇が触れた自分の唇を、圭太は驚いたように大きな手で覆った。真っ直ぐに圭太を見つめる。彼が瞬間に見せる視線の動きや表情の変化を見逃さないように。

「嫌じゃない……でも、甘利さんは……」

「俺は君が男だとわかっていて、セックスしたいと思う人間だ。意味、わかるか?」

セックスを目的だけに夜をさまよったとき以外で、自分から相手にカミングアウトするのは初めてのことだった。

過大な不安を堪え、目の前の男が頷くのを確認する。

「それはつまり、俺が貴方を抱きたいと思っても、許されるということ?」

「許す許さないという問題ではないと思うが、とりあえず、イエス」

圭太はまだ半信半疑の表情のまま、甘利の顔を見つめている。甘利はそんな圭太に、もう一度キスをしてから、そっと囁《ささや》く。

「セックスしよう」と。

「男も女も、相手の肌に触れたいと思う衝動は同じだ。生殖行動を除けば、相手に向く感情や欲望に、あまり変わりはないと思う」

もちろん、体の差異は大きい。

どれだけ顔が女性よりも綺麗だと言われても、甘利の胸には柔らかい乳房はなく、括《くび》れのある細い腰もなければ、男を受け入れる機能もない。現代の世の中では、子どもを産むことも不可能だ。

そして圭太の体もまた、れっきとした男のものだ。

服の下のがっしりした骨格は、固い筋肉で覆われている。下半身には男としての機能がその強い欲望を示し、熱を集めている。

だが甘利は、この体にこそ、欲情する。

首に回していた手を下ろして、講義室でいつも眺めていた背中の筋肉をそっと撫でる。頭の中で想像していたよりも、弾力性のある鍛えられた筋肉だ。服に染みついた煙草の匂いは、甘利が吸うものと同じ。馴染みのある香りに、圭太の匂いが混ざっている。

微かな汗と、爽やかな柑橘系《かんきつけい》のコロン。久しぶりに嗅《か》ぐ男の体の匂いに、甘利の体は徐々に昂《たか》ぶっていく。

「やり方、知らない」

「俺がリードする。でも、基本は女を抱くのと同じだ」

胸に押しつけていた顔を上げ、わずかな躊躇を拭おうとしている男を見上げる。

「俺のこと、抱きたいと思ったんだろう?」

疑問というよりは確認の言葉に、圭太は戸惑いながらもはっきりと頷いてみせる。

「だったら、試してみればいい。男なのに抱きたいと思ったのがなぜなのか、その理由もわかる。机上の理論だけで実践に移さなければ、本来手に入るはずのものも手に入らなくなる」

「経営論と同じ?」

真面目腐った顔で、圭太は問うてくる。

「どうだろうね。どうしても理論を先に追究したいというのなら、納得いくまでつき合ってみてもいいけど」

意地悪く言いながら甘利は男の頬に手を伸ばし、そこを撫でる。口元に、うっすらと浮かんだ髭《ひげ》が、微かにざらついた。

誘うように、窺うように、ずっと圭太を見つめ続ける。

「だとしたら、試さなくても結論は出てる」

圭太も、甘利をじっと見つめたまま呟く。

「それなら、しないか?」

「いや」

強く首を左右に振る。

「わかっていても、したい」

圭太は強い口調で言い放った。

そして、甘利の腰に腕を回し、そのまま体を自分のほうへ引き寄せる。かなり強引に触れ合った唇は、深く重なっていく。息を継ぐ間もなく、激しく舌が絡み合う。

「……んっ」

かなり苦しい状態で、甘利はキスを強いられていた。背中は弓反りになり、足は爪先しか床に着いていない。

支えを求めて両腕を首に回したところで、前のめりに体重を乗せられ、今にも後ろに崩れ落ちそうになっていた。

「圭、太」

唇の角度を変える合間に、甘利は圭太の名前を呼んで落ち着かせようとする。しかし、余裕のない彼は、がむしゃらに甘利の唇を求め、体をかき抱いてくる。

さすがに堪えられず、甘利の膝から力が抜けてようやく、圭太ははっと我に返る。

「大丈夫ですか」

「少しは落ち着けよ」

腋《わき》に腕を入れて抱き上げてくれる圭太の顔を睨み、甘利は苦笑する。

「焦る気持ちがわからないわけじゃないが、童貞じゃないんだろう？　自分だけが気持ちよくなるんじゃなくて、一緒に気持ちよくなることを考えてくれないか」

「すみません」

圭太は口を覆い素直に謝った。

そんな素直な圭太の手を引いて、甘利はベッドまで移動すると、さっさと上着を脱ぎ捨てた。

そして圭太に見せびらかすように、ネクタイの結び目に指を入れて緩め、首からすっと抜き、第一ボタンまで自分で外す。

圭太は頬を染めた状態で、指一本動かさず、甘利の一挙手一投足を見逃さなかった。食い入るような強い視線が痛いぐらいだ。

「……で？」

甘利は軽く目を閉じ、軽く息を吸う。

「俺が脱いでいるにもかかわらず、君はぼけっと突っ立ったままでいるつもりか？」

嫌味を込めた口調で言ってから思わせぶりににやりと笑うと、圭太ははっと弾かれたように、両手でパーカーを脱ぎ捨てた。さらに忙しない様子で、シャツのボタンをひとつひとつ外していく。

やがて甘利の目の前に、逞《たくま》しい体が露になる。

筋肉質ではないが、しっかりした骨格の上を適度な筋肉が覆っている。

厚い胸。鍛えられた腹は、触れてみるととても固かった。

さらにジーンズを下ろして露になる、若い体。

生気に満ち溢れた獰猛《どうもう》なオスの匂いがする。背筋をぞくぞくさせながら、甘利は着替えの手を止め、微かに鼻を鳴らす。

「汗臭いようなら、シャワー浴びてくる」

「ごめん。違うんだ」

甘利の行動に勘違いして、慌てて浴室へ向かおうとする圭太の腕を掴まえる。

服を着込んだ状態ではなく、何も身に着けない姿で互いを見つめ合う。指先から伝わる温もりだけで、言葉にはできない泡立つような感覚が肌の下で生まれる。

視線を絡ませ合ったのち、ゆっくりと唇が下りてくる。甘利は瞼を閉じ、それを受け入れる。

基本は、男女がセックスするのと同じだ。緊張を緩めるために甘いキスを交わし、掌で少しずつお互いの体を確かめ合っていく。

圭太はときおり、何かを思い出したように手の動きを止める。

「俺は男だよ」

甘利はそのたびに苦笑を零して相手に確認する。

「ごめんなさい。わかってるつもりなんだけど……」

「謝ることじゃない」

嫌悪されているわけではない。ただ、あるべき場所にそれがないことで、戸惑っている。甘利とて、その気持ちがわからないわけではない。

「場所を交替しよう」

甘利は圭太の肩に手を置いて立ち上がると、逆に圭太をベッドに座らせる。そして、彼の前にしゃがみ込み、膝を左右に開かせた。

さらに伸びてくる手で、圭太は甘利が何をしようとしているのかわかった。慌てて自分から逃れようとする圭太の手をどけて、甘利は目に見えるほど強く脈を打つものに手を伸ばした。

「甘利さ、んっ。ちょっと」

「女の子にしてもらったことがないわけじゃないだろう？　いいから。君はそのまま座っておいで」

同じ性別である男だからこそ、できる愛撫《あいぶ》もある。

甘利はそれを証明するため、そして圭太の中に残る最後の戸惑いを取り除くため、直接欲望の集まった部分への愛撫を始める。

すでに硬度を増した圭太のものに両手を添え、先端から体のほうへ向かって、ずらしていく。指先で輪郭を辿るように、触れるか触れないかの感覚で二度ほど往復する。その間にも、圭太はさらにびくりと反応する。

甘利はそのままの姿勢で、上目遣いに圭太の反応を確認してから、今度は天を仰ぎ始めたそれに舌を伸ばす。溶け始めたソフトクリームを嘗《な》めるように、ねっとりと押しつける。

「う、わ……っ」

圭太の大きな手が、堪えられないように、甘利の頭を押さえつけてくる。唇を嚙《か》み固く目を瞑《つぶ》る様子に、甘利自身煽《あお》られる。

男のものを嘗めることに、なんら躊躇を覚えないわけではない。自棄になっていた頃ならともかく、ここ一年ほどまるで他人との交渉を絶っていた今は、どちらかと言えばしたくない行為だと思っていた。

だが、何よりも正直なそれをひとたび目にしてしまうと、戸惑いの気持ちは一瞬にして消え失せてしまった。

自分の手で圭太を気持ちよくする。射精させたい。そんな衝動が勝ち、舌を伸ばすことも、口に含むことさえも嫌ではない。

「甘利、さ、ん……。も、ヤバイ」

髪を摑む指に力がこもる。それを堪えて甘利は最後に強く先端を吸う。圭太の中に残る「男」とのセックスに対する、躊躇や戸惑いを吸い取ってしまえるように。

圭太らしくない甘くて可愛い声に、甘利の中にある「男」が強烈に刺激される。

この男を自分のものにしたい。思ってもみなかった強い感情が生まれる。

「あ……っ」

蜂が甘い蜜《みつ》を求めるようにそこを強く吸い上げると同時に、これ以上ないほど張りつめていた圭太が、一気に頂上を迎えた。

節のある長い指に頭を強く摑まれ、腰が小刻みに揺れる。口の中のものが硬度を増した直後に、ぶるっと大きく一度震えてから急激に爆発する。

まるで風船が破裂するような感覚のあとで、圭太の若い精が甘利の口腔《こうこう》へ注がれる。

「……んっ」

若いエネルギーを、すべて飲み干すつもりでいた。

けれど。

「甘利さん？」

溢れた分を呑み切れず、咳《せ》き込んだ甘利の肩を、圭太は心配して撫でてくる。

「平気ですか？　だから、放してって言ったのに」

圭太は指先で甘利の口元に残る自分が吐き出したものを拭う。甘利はゆっくり顔を上げ、咳き込んだせいで潤んだ目を圭太に向ける。

「でも、よかっただろう？」

軽くまだ咳き込む甘利の体を、圭太はゆっくり抱き寄せる。彼の横に腰を下ろした甘利の頬を、慈しむように撫でながら「うん」と答える。

「すごくよかった。これまでにしてもらった誰よりも……」

圭太は密かに経験の豊富さを露呈しながら優しく囁き、甘利の唇に自分の唇を寄せてくる。

甘利は咄嗟に口に手をやり、それを拒む。

「なんで？」

圭太は不満そうに首を傾げる。

「今、俺、君のをしゃぶっていたから」

「そんなの、なんで気にするの？　だって、俺のだよ？」

甘利の口によって射精したことで、何か吹っ切れたのだろう。

男を相手にしているという拘《こだわ》りをなくして、圭太は本来の自分を取り戻したらしい。

蕩《とろ》けそうに優しい目で笑い、甘利の手をどけて、そっと唇を重ねてくる。

上唇と下唇を交互に軽く啄んでから、舌の先で唇をさらに嘗める。

そして甘い甘いキスをしながら、甘利の体をベッドに押し倒す。互いの気持ちを確認するように再び見つめ合い、今度は前戯となる深いキスを始める。

セックスを知らない相手に、手取り足取り教えるのとは違う。かなりの場数を踏んでいるだろうことは、ひとつひとつの行為に現れる。

甘利の唇を存分に味わってから、頬や目尻、そして耳朶《じだ》を嘗め上げていく。

「あ……っ」

次第に追いつめられ、堪えられない言葉が零れ落ちる。圭太は声が漏れる場所を、重点的に舌先で刺激し、軽く歯を立ててくる。

「いい声」

揶揄を含んだ低い声で囁かれることで、さらに背筋がぞくぞくして、下半身に熱が集まっていくのがわかる。

執拗《しつよう》で巧みな愛撫に、それまで立場として優位に立っていたはずの甘利は、徐々に彼の元へ

引きずられていく。

「胸を刺激されて気持ちいいのは、女の人と同じなんだ」

新しい発見に、圭太は驚きと喜びの声を上げる。首筋や鎖骨部分を過ぎ、圭太は甘利の乳房のない平らな胸を舌と指で丹念に撫で、立ち上がった部分を指で摘み上げる。

次第に執拗で濃厚になる愛撫に、大きく腰を弾ませる。どれだけ声を我慢していても、露骨に態度に示してしまえば、返事をしたも同じだ。

「いいよ、素直に感じて。甘利さんの気持ちよさそうな顔を見ていると、俺もそれだけで気持ちよくなる。なんか、すごい、いい」

「恥ずかしいことを言うな……」

照れ隠しで圭太の頭を軽く叩くが、そんな圭太の言葉に、甘利は強烈に感じていた。

誉められるだけでどろどろに溶けてしまいそうな体を、圭太はあますところなく存分に味わっていく。

圭太の愛撫は、これまでセックスしたどの相手よりも、優しくて丁寧だ。

胸の突起だけでなく、そこから腹へ下りていき、臍《へそ》を舌先で刺激してから、すでに感じて昂ぶっている甘利自身に手が伸びる。

長い指がしなやかに甘利のものに纏《まと》わりつき、根元から先端までを丹念に絞り上げていく。

彼の指の動きに合わせ、甘利は目に見えるぐらいに形を変える。

「い、いい……そんなこと、しなくても」

「なんで？　気持ちいいでしょう？　言わなくてもわかるよ、俺も男だから」

邪魔をしようとする甘利の手を難なく振り払い、圭太は存分にそれを愛撫してくる。掌や指先、爪、さらに指の間を使って、甘利のポイントを探ってくる。

それに確実に反応しながらも、甘利は素直になれず、唇を噛み、首を左右に振る。一度声を上げたら、自分の中の何かが崩れ落ちてきそうだった。

「気持ちいいって言ってくれないの？　こっちは正直に反応してくれるのに」

行為だけでなく、言葉でも圭太は甘利を責め立てる。

男を相手に何度かセックスしたことがあっても、ずいぶんとブランクがある。自分の手とは違う温もりや指の動きに、反応するポイントが違い、その微妙なもどかしさに、過敏になってしまう。

圭太の愛撫は、最初の相手である真田《さなだ》の、熟練された男の愛撫とも違う。

目的だけに突き進む激情もなければ、体の芯《しん》から蕩けてしまうような、落ち着き払った愛情もない。

適度に乱暴で、適度に優しく、ときおりひどく意地悪で拙《つたな》い愛撫が、これまでに味わったことのないぎりぎりの感情を生み出している。

「……手、放せ……」

立場は完全に逆転していた。一方的に甘利が追いつめられている。

「さっき俺がよくしてもらったから、今度は甘利さんの番だ。このまま達《い》って」

「駄目、だっ」

言葉で抗って見せても、体は言うことを聞かない。抵抗する手も、形だけでしかない。

「駄目じゃないよ」

やがて、執拗に責められた甘利は、極みの手前まで上りつめていく。

甘利の反応を見ながら、手だけではなく舌や歯までを使う。まるで甘利が圭太にしたのを真似するように、同じ順序を辿る。それがまた悔しさを増す。

舌を使うぴちゃぴちゃという音を、わざと圭太は立ててみせる。なんとか逃げようと上半身を起き上がらせた甘利の目に、圭太が舌を使う様が飛び込んできた。

自分のものを大切そうに嘗めるその行為に、甘利の腰の奥が激しく疼《うず》く。

もう、堪えられない。我慢の限界だった。

「く……っ」

甘利は喉を狭め、苦しい息を漏らす。シーツを摑み、体を反らすようにして、高まった想いを一気に吐き出してしまう。

自分でするのとは違う、腰から下がすべて抜け落ちそうに強い快感が、全身に広がっていく。

「甘利さん、大丈夫?」

力なくシーツに沈み込む甘利を心配して、圭太は体を移動させてくる。

「う、ん……」

甘利は荒い呼吸をしながら彼の唇に残るものを指先で拭い、両手を伸ばしてキスを求める。

「……最後までしていい？」

優しいキスを繰り返して、圭太が控えめな態度を見せる。

「わからないんじゃなかったのか？」

汗の浮かんだ胸に頬を押しつけ尋ねると、彼は「意地悪だな」と答える。その言い方が妙に可愛かった。

一夜の相手で最後までしたことはほとんどない。日本ではゼロだ。

快感を覚えないわけではないが、それ以上に体の負担が大きすぎる。真田相手でも、毎回体を繋《つな》いだわけではなかった。

だが圭太とは、最後までしたい。彼の命を、身の内に感じ、彼と繋がった状態で極みに達したい。

「いいよ」

考えただけで、強烈な喉の渇きを覚えた。甘利は掠れきった小さな声で応じ、圭太を誘うように自ら立てた膝を左右に大きく開いた。

圭太はまるで吸い寄せられるように間違いなくそこへ指を伸ばし、残っている甘利の残滓《ざんし》でそこを濡《ぬ》らしていく。

誰に教えられなくても、彼は何をすべきかわかっている。

決して衝動に任せて一気に中まで押し入ることはなく、焦れったくなるほど入口を丹念に解す。親指の先端を、ゆっくり中へと挿入していく。

その間に、一度解き放って萎《な》えた甘利のものを再び愛撫し始める。上半身を起き上がらせたままの甘利の唇にキスも忘れず、甘い吐息が零れてくるのを待つ。

圭太のものは触れずとも、すぐに完全に力を取り戻していた。それが挿入されるときの痛みや衝撃を予想して、全身が竦み上がる。そのたびに圭太は「大丈夫だよ」と優しい声をかけてくる。何が大丈夫なのか、彼の言葉に明確な根拠は感じられなかった。それでも甘利の体から高まっていた緊張が解けていく。

気の遠くなるほどの時間をかけ、圭太はそこを馴染ませる。どろどろに蕩け出してきても、まだ自分を入れようとはしない。

「もう、いいから」

甘利が自分から彼のものに手を伸ばしてようやく、圭太は手をそこからどけた。

「痛いって言われても、知らないから」

圭太は甘利の手をどけて自分の手を添える。そして甘利の腰にもう一方の手を添え、軽く浮かせた。

「言わない」

しかし、圭太のものがそこに押し当てられた瞬間、さんざん愛撫されて蕩けた全身が、まるで心臓になったかのように強く鼓動していた。

肌という肌がこれから訪れる快楽に戦慄《おのの》き、軽い目眩《めまい》を覚える。

その期待に応じ、熱せられた鉄の棒のような圭太のものが、ぐっと入口に潜り込む。

裂ける痛みに、甘利は一瞬息を呑み、体を強張らせる。

「痛……ちょっと、緩めて」

駄目だとわかっていても、無意識に全身に力が入ってしまう。体を起こしていられずにシーツに倒れ込み、上がりそうな声を堪えようと両手で口を覆った。それがかえって、圭太を締めつける。

「甘利、さ、ん……聞いてる？」

困惑した圭太の表情から目を逸らし、閉じた瞼の裏が、真っ赤に見えた。

まるで初めて男を受け入れたときのように、腹の底から内臓がせり上がってくる感覚に襲われていた。

「苦しいの？」

心配そうな声が聞こえてきているが、それに返事する余裕はない。

甘利は懸命に記憶を遡《さかのぼ》っていた。

体が思い出すはずだとわかっている。

体から力を抜いて、深呼吸をして、何もかも相手に委ねればいい。そうすれば、自然と中にいる男を許容していく。だが頭で理解しても、すぐそれを実行に移せない。

何度も何度も大きな息を吐き出すが、腹を動かすことで中の圭太を意識してしまい、その瞬間に最初の段階に戻ってしまう。

「甘利さん……」

先端を潜らせたままの状態で、大きく圭太が動く。その異物感に堪えられずに閉じていた目を開くと、すぐ近くに圭太の顔があった。彼は甘利の頭の横に両手をつき、四つんばいになっている。

眉間《みけん》に皺を寄せ、心配そうに甘利の顔を覗き込む。彼の瞳に映っているのは、楔《くさび》に穿《うが》たれ動けずにいる、情けない自分の姿だけだ。

「匡《ただし》」

久しく聞かない下の名前を掠れた声で呼ばれ、甘利の全身が総毛立つ。苦しい息が唇から漏れる。

「そんなに唇を噛んだら駄目だ。血が出てる」

圭太の冷えた指が、無意識に噛み締めていた唇の血を拭う。そして血に塗れた指を、自分の口へと運ぶ。

赤い血が、彼の舌を濡らし、唾液《だえき》とともに呑み込まれていく。上下する喉仏の動きに、甘利の背筋がぞくりと震えた。そして、体内の存在を許すように、強く締めつけていた場所が明らかに緩む。

同時に擦れ合った部分から、甘い痺《しび》れが生まれる。

「圭太……ぁ」

無意識に甘利の口から声が零れ落ちる。

「もっと入っていい？　俺がわかる？」

圭太もまた、甘利の変化に気づいていた。

さらに宥《なだ》めるように傷のある唇を嘗めながら、確認してくる。

けれど返事をするよりも前に、彼の体は少しずつ奥へ進んでくる。全身に漲っていた力が、滲んだ血とともに、すべて圭太に呑み込まれていく。

痛みだけではない感覚が、甘利の皮膚の下でちりちりと目覚め始め、成長していく。

甘利は自分の足を高い場所で抱えている圭太の顔を見つめる。額に汗を浮かべ眉間に皺を寄せた彼は、低くゆっくり腰を動かしていた。

唇を噛み締め眉間に深い皺を寄せた必死な形相に、甘利はどうにもならない愛しさを覚える。

理性も何もかも吹き飛び、もっと強く圭太が欲しくなる。

熱くなれ。大きくなれ。硬いそれで自分の中をぐちゃぐちゃにかき混ぜてほしい。自分を圭太のもので満たしてほしい。体中が圭太を求めている。

「……いい。もっと奥まで…きて」

絶え絶えの息で誘うと、圭太は全身を震わせる。

「く……っ」

快感を堪えるように声を上げたあと、中の圭太の形が変わり、律動が強く激しいものとなる。

「け……圭太、圭太っ」

突かれるたびに声が零れ、甘利は首を左右に振る。自分でも何がどうなっているのかわからない。

中で肉の擦れる感覚と、内壁が引きずられるような痛みにより生まれるむず痒《がゆ》いような感覚が、これ以上ないほどの快感を生んでいく。

「匡さん……匡……っ」

想像以上に強い快感に辿り着いたとき、圭太はまた甘利の下の名前を呼んだ。

大きく体を震わせ、腰を甘利の腰に押しつける。そしてまた、甘利も追随するように、高い場所へと放り出された。

頬を撫でられる感触に、甘利は重たい瞼をゆっくりと開ける。寝入っていたわけではないが、短いけれど深い夢を見ていたようだ。

射し込む強い光に堪えられず、頭を枕に押しつける。

「……痛」

背中を丸めようとしたら、腰から全身に鈍痛が広がった。頭の上まで引き上げたシーツの中で声を上げた甘利の肩に、優しい温もりが触れる。

「平気？」

誰の声だろうか。

一瞬そんなことを考えてから、まだ半分夢の中を歩いていた甘利の頭が急速に覚醒《かくせい》した。自分が今どこにいるか。誰と何をしたか。すべてがリアルに蘇る。

「圭太…」

慌てて起き上がろうと試みるが、足の先まで痺れる痛みに、再びベッドに沈み込む。

「い……たい」

「無理しないでいいよ。体、辛いでしょう？」

ベッドのスプリングが沈み、人の気配が近づくのを感じる。なんだろうかと横に向けた顔のすぐ前に、圭太の顔があった。

「心配だけど、俺、もう出ないといけないんだ」

蕩けそうに優しい笑顔の圭太は、驚きに目を見開いた甘利の鼻先に小さなキスをする。

「圭太」

昨夜、この部屋に入ってきたときとはまるで違う圭太の大胆な態度に、甘利は驚きと恥ずかしさを覚える。

「一応、眠っている間に体を拭《ふ》いておいたけど、もう少し休んだあとでシャワーを浴びたほうがいいと思う。傷つけちゃったみたいだったから。ごめん」

「あ、ああ、いや……ありがとう」

体を動かした瞬間に、太腿にぬめりを感じた。

眠る前にも圭太の手を借りて風呂に入ったが、中でも何度目かの行為に及んだ。用意していたゴムは途中で切れ、圭太は甘利の中に何度も吐精している。その名残が、まだ残っているのだろう。

軽く布団を上げると、シーツには点々と血で汚れた痕《あと》が見える。同時に蘇る鮮烈な記憶に、甘利は慌てて布団を戻す。

圭太はずっと甘利の髪を慈しむように指ですいていた。まさに、最初の夜を迎えた恋人たちの朝のような甘ったるさに、戸惑いを覚えないわけではない。

「それじゃ、俺、本当に出る」

名残惜しそうに、圭太は甘利の額に別れのキスをしてから立ち上がる。

「今日は土曜日だから、会社は休みだろう？　支払いは済ませてあるし、チェックアウトも二時まで延長してある」

「部屋代は、俺も……」

「俺が払うわけじゃないから」

そう言われても……と思いながら、扉へ向かって歩き出す圭太を追いかけられるだけの力は、まだ戻っていない。

一夜だけの、情事だ。それ以上を望んでいたわけではないが、心の中にできた隙間《すきま》に冷たい風が吹き込む。甘利はその事実を忘れるために、シーツを頭まで引っ張り上げる。

「それじゃ、次の講義のときに」

でもきっと、次に会ったときには、何もなかったように自分は振る舞うだろう。これまでのように背後から彼の背中を見つめ、時間を終えたらそのまま終わる。

最初の男である真田と別れたあと、寂しさを紛らわせるために、何度か同じようなことを繰り返した。後腐れのない相手と、一夜の情事を楽しみ、次に会ったときにも笑顔で話をする。人の温もりは恋しかった。けれど、また別れる日が怖くて、誰に対しても必要以上、心を奪われないようにしていた。

今回も、同じだ。容姿が気に入って、話をしてみて興味を惹かれた。体の相性も抜群によかった。それだけだ。甘利は自分の中でそう思おうとしていた。

「……あのさ」

動けずにいる甘利の頭の上で、帰ったはずの圭太の声がする。

驚いて甘利はシーツを剝いだ。ベッドの横にすぐ彼の姿がある。扉まで行ったはずなのに、どうして戻ってきているのか。

彼はジャケットのポケットに手を突っ込んで、恥ずかしそうに顔を横に向けている。

「携帯電話の番号、教えてくれない？」

「――え？」

「本当はこのままカッコよく帰るつもりだったんだけど、なんか、甘利さんからの電話がかかってくるのを待ってるだけ、余裕ないや」

後頭部をかきながらの圭太の言葉が、よく理解できない。

「俺からの電話って……」

「携帯電話が落ちてたんで、勝手に俺の番号を登録したんだ。それに甘利さんが気づいてくれて、その気があれば電話くれないかと期待してたんだけど」

圭太の視線の先にあるテーブルの上に、甘利の携帯があった。背広の上着に入れていたはずだが、いつのまにか滑り落ちていたのだろう。

「もしかしたら、甘利さんは遊びなのかもしれないし、しつこくしたら嫌がられるだろうと思うけど……何も言わないで終わるよりは、自分からモーション起こして玉砕したほうがマシだと思った」

　正直な言葉が、圭太の口から零れ落ちる。一人、大人の振りをして意地を張ろうとしていた自分はなんだったのだろうか。

「俺、甘利さんのこと、もっと知りたい。甘利さんも俺のことを知りたいだろう？　きっと俺たち、お互いのことを知ったら、好きになる」

　何を言い出すのだろうかと、甘利は呆然《ぼうぜん》と圭太の顔を見上げる。カーテンの隙間から射し込む光に反射して、彼の明るい髪が金色に光った。

「絶対に保証する。俺の言葉を信じて、とりあえず、携帯の番号教えて。俺、本当にもうあんまり時間がないんだ」

　腕時計を見て慌てる圭太の勢いに押されて、甘利は自分の番号を伝える。それを圭太は、その場で自分の携帯電話に登録していく。

「俺の番号、八十番に入れたから。名前はケイタで入れた。不都合があれば入れ替えてくれて構わない。それじゃあ、連絡する」

　本当に慌てていたのだろう。走って彼は部屋を出ていく。

　しばらく甘利は、ぼんやりと圭太の立っていた場所を眺めていた。やがてだるい体を伸ばしてテーブルの上に置かれた自分の携帯を取り、彼の言った登録番号を検索した。

「………嘘、だろう」

八十番目には、確かに圭太の番号が入っていた。それも「コイビト　ケイタ」と、半角のカタカタで。

冗談で入れたのだろうが、これをどんな顔をして登録したのか考えるだけでおかしい。

「あいつ……」

腹の底から笑いが込み上げてくる。甘利はそのままベッドに仰向けに倒れ込む。

『きっと俺たち、お互いのことを知ったら、好きになる』

まるで何かの呪文《じゅもん》のような、圭太の自信に溢れた言葉が蘇る。

だが、彼のことをほとんど知らない今も、すでに甘利は強烈に圭太に惹かれ始めている。

外見だけではなく、昨夜垣間見た圭太自身に、強い興味を引かれている。

もっと話をしたい。

もっと彼を知りたい。

自分と同じように、圭太もまた自分を知りたいと思っていてくれたことが、甘利は嬉しくて仕方なかった。

『絶対に保証する』

そう言う彼の表情は、自信に満ち溢れていた。その自信は、どういう根拠から生まれてくるのか。

甘利は改めて携帯に登録された圭太の番号を眺める。

——コイビト。

カタカナで書かれたその単語が、妙によそよそしくて、でも今の自分たちに似合っている言葉に思えてくる。

「本当に、かけてくるつもりなんだろうな」

そう呟いた瞬間、甘利の声が聞こえたかのように、電話が鳴り始める。

画面に表示される名前は、「コイビト　ケイタ」。

「ええ？」

彼はついさっき、部屋を出たばかりなのに。何か忘れ物でもしたのだろうかと、慌てて電話に出る。

『もしもし。寝てた？』

確かに圭太の声だ。

「いや、まださすがに起きてるけど。今、どこだ。何か部屋に忘れ物でもしたのか？」

『駅に向かって歩いているところ。別に何も忘れていないけど、番号を登録し間違えていないか心配だったからかけてみた。合ってるよね、番号』

圭太の声に混ざって、外の雑踏が聞こえてくる。

「……合ってる」

こうして話しているのだから、確認しなくても当たり前のことだ。

嫌味なほどの自信家かと思えば、こうして見せられる脆《もろ》さに、甘利の胸が締めつけられる。自分よりも体の大きな男を、腕の中に抱き締めてやりたい衝動に駆られる。

『安心した。ねえ、甘利さんも、登録間違えていないか、俺の番号にかけてみてよ。いったん切るから』

「大丈夫だと思う……って、人の話、聞け」

甘利が最後まで言い終える前に、さっさと圭太は電話を切ってしまう。仕方なしに、甘利は八十番に登録された番号をコールする。

しかし、一回二回で相手は出ず、十回鳴っても駄目だった。まさか本当に登録し間違えたのかと、さっきかかってきた着信記録を確認するが、あいにく圭太は番号を非通知に設定しているらしい。

「どうしよう……」

甘利は焦っていた。

自分の携帯には、圭太自身が番号を登録している。もしかしたら、指が滑って間違えた数字を押したのかもしれない。

とりあえずもう一度、登録されている番号を鳴らしてみることにする。これで駄目だったら、もう一度圭太からかかってくる電話を待つしかない。

ひとつひとつ確認しながら、改めて八十番の番号をコールする。

と、今度は一回で相手が出る。

「圭太……」

『ごめん、さっきは驚いた？』

心配している甘利とは逆に、明るい声が返ってくる。

「驚いたって……何が」

『十回コールされたら出るつもりで待ってたのに、甘利さん、気が短い。ちょうど俺が出ようとしたときに切るんだもんな』

「……気が短くて悪かったな」

『悪いなんて言ってない。可愛いなと思っただけ』

続く言葉に、甘利は電話を見つめて絶句する。

「だ、れが、なんで可愛いって、言うんだ」

『そうやって、すぐムキになるところ。俺のほうが年下だから、大人ぶって見せようとしても、無理だよ。精神年齢では、絶対甘利さんのほうが年下だから』

「ガキが勝手なことを言うな」

『でも、甘利さん、俺の本当の年齢、知らないだろう？』

言われてみて、気づく。

セミナーに普段着で出席していたことや顔つきや服装から、勝手に学生だと決めつけていた。

それは彼の外見から判断しただけで、確認したわけでも、講義の受講者名簿で確認したわけでもない。

おまけに昨夜も、互いに名乗りはしたが、それ以外の素性を何も明らかにしていないのだ。そう思ったら、それまでよりも強く、圭太のことが知りたくなる。

「知らないよ。何歳なんだ?」

『内緒』

強い衝動を堪えて静かに尋ねた甘利を嘲笑《あざわら》うように、圭太は笑った。自分で言い出しておきながら、内緒はないだろう。

「なんで」

『だって、そんな大切なこと、電話で話したらもったいないよ。これから会うたびに、一つずつ自分の素性を明かしていくっていうのは、どう? 結構、面白いと思うんだけど』

電波がときおり乱れて声が途切れるたび、甘利の心臓が強く鼓動する。

「一つずつだと、全部を知るためには、かなりの時間がかかるな」

『じゃあ、二つずつでもいいよ。そろそろ地下道に入るから、電話切るね』

いつまでも続くかと思えた時間の終わりが、突然に予告される。

『また連絡する。ゆっくり休んで……』

「圭太っ」

話の終わりを恐れ、甘利は電話口で頼み込む。

『何？』

圭太の声を聞いていたくて咄嗟に呼び止めたものの、伝えたいことがあったわけではない。咄嗟に考えを巡らせ、なんとか尋ねるべき言葉を探し出す。

「今日の……今日の夜の予定は？」

『夜？　七時か八時ぐらいには体は空くと思う』

「明日の予定は？」

『日曜日は一日部屋で寝てる予定』

「じゃあ、月曜日……」

『何が言いたいの？』

ずるずると用件を先延ばしにしていた甘利の気持ちを知っているかのように、呆れた声が聞こえてくる。

『今、目の前が地下道なんだ。早く用件言ってくれないと、電話、切れるよ？』

「……なんでもない。急いでいるところを引き止めて済まなかった」

そこまで状況を用意されても、甘利は素直に自分の気持ちを伝えられない。

電話の向こうで、小さなため息が聞こえる。そして、甘利が言いたくて言えなかった言葉が紡がれる。

『今日の夜、用事が終わったら連絡してもいい？』

語尾がきついのは、はっきりしない甘利に対して怒っているせいだろうか。

『駄目なら駄目って言ってくれて構わないけど。駄目？』

「——いや」

『じゃあ、いいってことだね？　何時になるかはっきりわからないけど、とにかく連絡を入れる。待ってて。……で、いい』

素直に頷けないが、否定することはできる。それがわかった上での圭太の問いに、甘利は電話の前で頷く。その姿が圭太に見えないとわかっていても受話器を握る手に力がこもってくる。

嬉しいと思う気持ちを、素直に受け入れられない。

『無言なのは肯定と取るよ。それじゃ』

「あ。あの……」

甘利が返事をする前に圭太は電話を乱暴に切ってしまう。地下道に入ったせいかもしれない。

「ごめん」

手の中の携帯を見つめ、小さな声で謝る。

圭太の怒った様子に心を痛ませないではないが、甘利の心の中では幸せな気持ちが広がっていく。

まるで少女のように心をときめかせ、指先まで痺れるような幸せを味わっている。

最初の恋に破れたあと、不用意に他人に近づかないようにしてきたつもりだった。

特に帰国してからは、自分の周囲に壁を作り、隙のないように繕って、二年を過ごしてきた。

その努力が、圭太という人間に近づいたことにより、わずか一日で無に帰した。

彼の笑顔や正直な気持ちが、甘利の壁を破っていく。彼の瞳の強さが、甘利の本当の心を呼び覚ます。その感覚が、自分でもわかっていた。

嫌な気分ではない。自分でもこの状態を待っていたのかもしれない。

出会ったばかりの相手に、不安を覚えないわけではない。圭太に完全に心を許したわけでもない。

だが今ぐらいは、少女のように恋に恋する自分に、浸っていても許されるだろう。

真綿に包まれた生まれたばかりの赤ん坊のように幸せな気持ちのまま、甘利は安らかな睡眠に落ちた。

4

「よう、おつかれ。首尾はどうだった?」

霞《かすみ》が関《せき》の中央合同庁舎四号館の敷地内にある財務省関東財務局証券閲覧室から戻ってきた甘《あま》利《り》を、坊城《ぼうじょう》が出迎える。

「やはり出てました」

甘利は眉間に皺を寄せ、コートとマフラーを外す。そして、鞄の中から取り出した書類を見せる。

『大量保有報告書』と明記されたA4サイズのそれを、坊城が横から覗き込んでくる。

いわゆる五パーセントルールと呼ばれる、証券取引法上に規定された、株券等の大量保有に関する開示制度に基づく書類だ。そこには、シルフィがオニキスの株を、五パーセント保有したことが明記されていた。

そのうちオニキス本社にも、この報告書の写しは送られてくるのだが、一刻も早く確認するため、甘利は官庁まで出向いた。

「いつ動き出すかと思っていたが……」

「すでに動いていたというわけです。さすがですよ」

甘利は唇の端で笑い、端末を開いて書類を作成し始める。

戦略事業部に配属されてから、甘利はシルフィをずっと証券の線から探っていた。先々週あたりから、シルフィ本社のみならず、系列会社が動き出していた。そして、シルフィの個人株主までが参加したことを突き止めた甘利は、シルフィが、法律上開示制度に抵触する五パーセントまで株を保有するだろう事実にいち早く、気づいた。

数日後には株式発行会社であるオニキスにも同じものの通知はあるが、それを待っているよりも先に閲覧したほうが早いのだ。

「岸《きし》部長のところへ報告に行って参ります」

「今、外している。夜の会議まで戻ってこない」

「そうですか……とりあえず、書類だけ置いてきます」

瑞水《たんすい》との折衝を前に、常務が今日帰国する。彼を囲み、最後の会議が予定されていた。できれば会議の前に話しておきたかったが、外出なら仕方がない。甘利は書類で山積みの岸の机に、わかるようにそれを置いた。詳細はメールでまず説明しておくことにする。

来週の月曜日に、決戦の火蓋《ひぶた》が切られる。

一部署だけではなく会社全体に緊張感が張っている。今回のことは、オニキスのみならず、飲料業界全体に影響するだろう。

瑞水と親子関係があるのはオニキスだけだが、業界のシェアの半分以上を占有している会社の業績が変化すれば、その隙をついて一位にのし上がろうとする会社も出てくるかもしれない。話が上がってからずっと水面下で動いてきた。しかしさすがにここ数日、鼻のきく経済誌や新聞社の記者たちが、近辺を探っている。

もはや、瑞水やシルフィだけが、オニキスの直接の敵ではない。

「とうとう今日が最後だな」

机に再び戻ってきた甘利に、坊城はまた話しかけてくる。

「それで、どうだった、あいつは」

会議の話かと思っていると、どうやらセミナーの話だ。「あいつ」が誰か思い当たって、甘利の頬が無意識に引きつる。

「あいつって、なんでしょう」

「居眠りしているっていう大学生のことだ。どんな奴かパーティーで話してみるつもりだと言ってただろう?」

しらばっくれようと決め込むが、坊城は先週の話をしっかり覚えていた。眼鏡のフレームを弄《いじ》る坊城は、興味津々《しんしん》のようだ。会社の一大事を前に、ずいぶんな余裕だ。

「本当は今週の月曜日に聞くつもりだったんだが、すっかり忘れていた」

「ご期待に添えず申し訳ありませんが、話せなかったんです」

ずっと忘れていてくれてよかったのにと思いながら、甘利は肩を竦めた。

「来なかったのか、学生のほうが」

「いえ。僕のほうが瑞水の社長の挨拶を聞いてすぐ帰ってしまったので」

嘘をついたところで、誰にわかるものでもないだろう。

「ということは、居眠り学生は居眠り学生のままミステリアスな存在として終わるのか」

「そうなりますね。ところで、坊城さんのほうのお仕事は経過はいかがですか?」

甘利はこれ以上その話を追及されたくなくて、話題を変える。

「俺のほうか。実はな」

坊城はそこで一度言葉を切り、真顔になる。もったいぶっているわけではないようだ。

「こっちでも、シルフィは本腰を入れてきた。というか、本性を出した」

「何がありましたか」

「この間の会議で危惧《きぐ》していた人間が、とうとう顔を出してきたんだよ」

「——まさか」

「その、まさかの真田《さなだ》さんだ」

甘利の先を読んで、坊城はその名前を口にする。

「今度の件の細かい条件部分で、何かと細かい指摘が入るようになった頃から、もしかしてとは思った。だから先週の会議で具体的に名前を出してみたんだが……これだけ早くに正体を現わすとは予想外だった」

いつかは出てくるかもしれない。予測してはいても、真田の名前を聞いた瞬間、甘利の顔から血の気が引いた。続いて指先が震える。

「それだけシルフィにとって、今回のうちとのジョイントベンチャーは、重要視すべき契約ということでしょうか」

「そういうことなんだろうと思いたい」

「もしかして、今岸部長が席にいないのは」

「そう。瑞水との折衝の前に、シルフィとの間の詳細を、改めてつめ直す必要が出たということだ。どうやらあちらは、市場を通してだけではなく、ＴＯＢでうちの株を買い占める手段に出るつもりらしい」

「……本当ですか?」

とんでもない事態に、甘利は思わず息を呑んだ。証券取引法上で規定されたＴＯＢ、即ち公開買付とは、証券取引所を通さずに、新聞などに広告して応募者を募り、ある会社の株券などを買い集める方法だ。もっぱら、Ｍ＆Ａを目的に行われる。

「おそらく大量保有報告を出したのは、ＴＯＢがはったりじゃないという意思の表れだな。やってくれるよ、真田さんも」

つまりシルフィ側では、いつでもオニキスの株を買い占めるだけの準備があることをちらつかせながら、自社にとって有利な方法で契約を結ぼうとしているに違いない。

この段になってシルフィが本腰を入れてくるのは、ある意味ジャストタイミングなのかもしれない。

オニキスは、来週に迫った瑞水との会議に全神経を集中させていた。

シルフィとの話は本契約まで辿り着いてはいないが、表向き、条件や政策の面で合意は取れていたからだ。

もちろん、いくつかの疑問点や検討すべき事項は残されていたし、継続中の調査も、瑞水との会議が終了次第、すぐに本格的に取りかかるつもりで準備していた。

まさに今は、エアポケットだった。

わずかな隙をついて、シルフィは完全に牙を剝いているわけではないが、オニキスを脅そうとしている。彼らを甘く見るなという、牽制なのかもしれない。

本来、オニキスとシルフィの敵とすべき相手は瑞水であるが、すべての点において利害が一致しているわけではない。

だからこそ考え得るすべての事柄を予想し、それぞれの対処を考えてはいるが、この段階で背後から火であぶられるのは、オニキスにとってありがたいことではない。

「瑞水と具体的にいつ話をするか、シルフィには具体的な日程を伝えてはいなかったはずですよね？」

「そのはずなんだが、人の口に戸は立てられないということらしい」

もちろん、およその日程は伝えてあるだろうが、直前を狙って真田が参加してくるのは、あまりにタイミングがよすぎる。

もちろん、真田一人が入ったところで、これまでかけて培った計画のすべてがひっくり返ることはないが、シルフィにとって非常に有利な状況であるのは間違いない。まったく侮れない相手だ。

「誰か内情を漏らす人間がいるということですか?」

「そこまで具体的な話にはなっていない。ただ、用心するに越したことはないと、これからしばらく制約があるだろう。今後、この部署内でも、情報のやり取りは難しくなる」

坊城はそう言いながらも、どこか楽しそうに見える。純粋に、オニキスにとって一度あるかないかの事業改革を、彼は楽しんでいるのだ。

話を終えると、やりかけの仕事に戻る。

神経質そうな顔をしながら、その実、性格は非常に楽観的で、前向きだ。思わせぶりな口調や喋り方が癖なのだが、実際は何も考えていないことが多い。

非常に癖のある人間だが、中味を知ってしまえば、それほどつき合いにくい人間ではない。

マーケティング理論についての知識は甘利よりも広く深く、彼の書いた修士論文は見事で非の打ち所がなかった。

甘利は彼の横顔を眺めながら、自分の仕事に戻る。しかし、書類を取り出したところで、携帯にメールが入った音がする。画面をちらりと見てから、甘利は再び隣りを見て席を立った。

「すみません。ちょっと席を外します」

「おう。ついでにどこかで煙草を買って来てくれ」

顔をこちらに向けずに頼まれる。お見通しかと、甘利は「わかりました」と応じた。

エレベーターでロビー階まで下り、スタンドコーヒー店に入る。そして窓際の席に着いてから、改めて携帯に届いたメールを確認する。

『セミナーの帰り、外で飯食おう。給料日でしょう、奢《おご》って。蟹《かに》が食べたい。ケイタ』

自分の席で見られない内容ではないのだが、誰かに見られたら、言い訳できない。それが嫌で、席を外したときか、外にいるときにしかメールを見ないようにしていた。

しかし、それでも坊城は、何か感づいているらしい。月曜日に顔を合わせたとき、早々に「何かいいことがあったのか」と尋ねられている。それほど表情に出るタイプではないつもりだったが、他の人間からも似たようなことを言われたときには、諦めるしかなかった。

甘利は返事のメールを作成する。

『今日は会議だから無理だ。匡《ただし》』

送信したあと、一服しつつコーヒーを飲んで待っていると、すぐに返事がくる。

『じゃあ、そのあとでもいいよ、ハニー♡　ケイタ』

ハニーのあとについているハートマークを目にした瞬間、火が出そうなほど顔が熱くなる。

「……ったく、誰がハニーだ」

ぶつぶつ文句を言いつつも、頬の筋肉が緩んでくる。もう一度『待たないで先に食べろ』とメールを送る。そして返事は見ないで、残っていたコーヒーを飲み干してから、坊城に頼まれた煙草を購入して部署へ戻る。

真田の登場で沈んでいたはずなのに、すっかり浮上している。そんな自分に、甘利は不思議な感じがしていた。


セミナーの六回目も、滞りなく終了した。

しかし、内容のほとんどは甘利の耳に入っていなかった。講師は瑞水の人間で、最後にセミナーのアンケートを記入し終えた用紙を集めるのも、そうだった。

圭太《けいた》はいつものようにジーンズ姿で、前の席に座っていた。

相変わらずだと思って見ていると、帰り際、瑞水の社員が、慌てたように圭太に近寄る場面があった。

なんだろうかとぼんやり眺めていたが、二言三言喋ってすぐに圭太はセミナーを受けていた学生たちのところへ紛れる。彼はあっと言う間に周りを取り囲まれ、楽しそうに話をしていた。

甘利は近くでセミナーを受けた人間と名刺交換を済ませてから、地下鉄の駅へ向かう。八時に終わるはずが、なんだかんだですでに八時半近い。

外気温はかなり低くなっていた。タイミング悪く、タクシー乗り場には車が一台もいない。かじかむ手をコートのポケットに突っ込み、寒さを凌ぐ。

「寒い……」

思わず肩を竦めた甘利は、背後から肩を叩かれる。

「どうしたの？　今日はタクシー？」

軽く息を弾ませながら、圭太が横に立っていた。

「同じところへ帰るんだから、待っててくれればいいのに。気づいたらいないから焦ったよ」

「今日は会議だとメールしただろう？」

甘利は肩にある圭太の手を振り払って、腕時計を気にする。

「あ……そういえば。すっかり忘れてた。なんだ残念。帰りがけに一緒に蟹食べに行くつもりだったのに」

圭太は本気で残念そうにため息をつく。

会議が終わってからでいいなら、と思ったものの、昼間の様子を考えると、そう簡単には終わらないだろう。

「何時ぐらいに帰ってくる？」

「よくわからない。今日中に帰れるかどうかも……」

「そっか」

圭太はさらに残念そうに呟いた。

やがて、空車タクシーがやってくる。軽く手を挙げてタクシーを呼ぶ甘利の横顔に、圭太の視線を感じる。

「うちで待ってるから、帰れそうな時間になったら、連絡入れて」

後部座席に乗り込む甘利に向かって、圭太は手を振る。

「西新宿《にししんじゅく》方面へ」

行き先を告げて、甘利は窓の外を見つめ、自分に向かって手を振る男に小さく微笑みかけた。


オニキス本社、戦略事業部の部屋の空気は、ぴんと張りつめていた。

その雰囲気を覚悟していたものの、甘利はひどい気づまりを覚えながら、自分の席に着く。大量保有報告書が提出されたその後の状況を確認したかったが、さすがの坊城も眉間に皺を寄せたままモニターに見入っている。

甘利はとにかく会議まで待つことにして、端末の電源を入れる。そして、セミナーで使用した参考書を片づけ、会議の資料を準備する。

岸からのメールの返事は、「確認しました」とだけ。ますます不安と緊張が高まる。

五分ほどして、資料を揃えていると、軽く隣りにいた坊城に肩を叩かれる。

目だけの合図に立ち上がり、甘利は会議室へ向かった。

軽くノックをして中に入ると、戦略事業部トップである、金色の髪をしたアメリカ人常務取締役と、岸は先に二人で話をしていた。

「もう時間かな」

青い目の上司は流暢《りゅうちょう》な日本語で尋ねてくる。

「まだ五分ほどありますが、そろそろです」

「そうか。早かったな」

そう応じながら、岸は手元の書類をファイルの中にしまい、新たな書類を用意した。トップ二人は、甘利たちには話せない厄介な問題を抱えているのだろう。

やがてメンバーの全員が席に着くと、岸が立ち上がる。

「まず、先に。すでに全員周知のことと思うが、シルフィより、当社の株式を五パーセント保有したとの報告書が提出された。先週より密かに動いていたとの情報は甘利くんのほうから聞いていた。それぞれ覚悟の上かと思うが、シルフィ側は我々が想像する以上に、高いハードルを用意して、先方に優位な形でジョイントベンチャー契約を結ぶつもりでいるらしい」

岸は思っていたより淡々とした口調で、その事実を説明する。

「さらに、シルフィ側の代表として、君たちもよく知っている真田吉昌《よしまさ》が現れた。彼は我々に、いつでもTOBに入る準備ができていると、プレッシャーをかけてきている。来週、瑞水との業務提携解消の事実が明らかになると、おそらく我が社の株価は下がるだろう。そこを狙っての広告だという話だったが、とりあえず瑞水との話し合いがひと通り済むまでは、一旦保留ということで話がついている。ですから、まずは目の前の相手に焦点を合わせるように」

一旦保留、という話で、誰からともなく、ほっと安堵《あんど》の息が零れる。岸の説明のあとで、常務取締役がその場に立ち上がる。そして、腰に手をやった彼は、すっと息を吸った。

「来週の月曜日、オニキスビバレッジは、瑞水飲料株式会社との間で締結していた、業務提携契約のすべての更新を行わない旨を告げる。先程招集された取締役会ではすでに承認済みだ。一年半の折衝はまるで無駄ではなかったが、しかし互いの間の確執は深まった。今後我が社は、シルフィ・ジャパン・インクとの間で、ジョイントベンチャーによる新規会社を設立し、オニキスのノウハウおよび製造工程を使用して、新規の微炭酸飲料を発表し、シルフィのもつ販売ルート及び媒体広告をもって、大々的に宣伝していく。また、シルフィの開発した酒料飲料をオニキスのノウハウで大量に生産し、大量に販売する。オニキスは酒料関係の店へ自社製品を売り込むことが可能になり、シルフィもまた、清涼飲料業界に参入できるようになる」

抑揚たっぷりにそこまで話して、一度言葉を切る。

「日本国内の飲料業界の勢力分布図は、今後大きく変化するだろう。我々の戦略プランにミスはない。明日が決戦ではなく、すべての闘いは月曜日から始まる。その事実をよく認識し、それぞれが全力を尽くし、対処していくよう」

その後、各自の担当分野の進行状況その他を報告して、会議は終了する。

それぞれが部屋に戻っていくときに、常務と岸が密かに耳打ちし合う姿を、甘利は目にした。

坊城にその事実を打ち明けるが、「別に気にすることでもないだろう」と一言で終わらせる。

「俺たちには聞かせられない面倒な事情が、きっと色々あるんだよ」

そうなのだろうと思いながらも、会議の始まる前の様子が蘇って、甘利は小さな不安を胸に抱いた。


甘利が自宅の最寄り駅に辿り着いたときには、十一時を回っていた。ずっと切っていた携帯の電源を入れると、速攻でメールが入る。

『会議終わったら、教えて。ケイタ』

甘利はそのまま携帯で、圭太の番号に電話をする。

『終わったの？』

一回目のコールが鳴ってすぐ、圭太の元気な声が甘利の耳に飛び込んでくる。甘利の張りつめていた神経が、ほっと緩む。

「ずいぶん出るの、早いじゃないか」

『匡から連絡があるの、電話の前でずっと待ってたから』

テーブルに携帯電話を置いて、ちょこんとその前に正座して待つ圭太の姿が頭に浮かび、甘利はつい吹き出した。

『何を笑ってるの？　今、どこ？』

「駅前を歩いている」

『駅って、代田橋《だいたばし》？』

「そう」

『じゃあ、すぐにそっちまで行く。匡が帰ってから飯食おうと思って、ずっと待ってたんだ』

「先に食べればいいのに」

セミナーが終わってから三時間。甘利もその間何も口にしていないが、圭太もさぞかし腹が減ってるだろう。

『たぶん、駅前の焼き鳥屋なら、空いてると思うんだけど』

「蟹が食べたいんじゃないのか。まだ店開いているみたいだが」

『本当？　すぐ行く今行くとんで行くから、待ってて！』

「慌ただしい奴だな」

最後まで言い終えると同時に、圭太は電話を切ってしまう。甘利は急いで外に出る準備をしている彼の様子を想像して、思わず笑ってしまう。

先週の土曜日。

圭太は約束した通り、夜になって電話をしてきた。予定していたよりも遅くて、内心、かかってこないのかもしれないと心配していた時間だった。

『会いたい』

短いその言葉に、甘利も短い言葉で応じる。

『俺も』

甘利がホテルから戻ったのは午後三時過ぎで、再び外に出るだけの体力は戻っていなかった。

『家に行ってもいい?』

そんな甘利を気遣っただろう圭太の申し出に一瞬躊躇しながらも、待ってると答える。

圭太がどこにいたのかは知らない。

しかし、朝別れたときと同じ姿でマンションにやってこられて、時間が一気に朝まで遡るような気持ちになった。

甘利は自分から圭太の体にしがみつき、キスを求めた。圭太はそんな甘利の体を抱き締め、深いキスで応じてきた。

そして靴を脱ぎ服を脱ぎ捨てながら、ベッドまで移動して体を重ねる。甘利の体はまだ完全に復活していなかったが、どうしても圭太が欲しかった。

セックスを覚えた子どものようにひたすら互いを求め合い、果ててもすぐ次を続けた。

昨夜の初めてのときとは違う、一度覚えた体は、互いに新たな反応を示した。

そして翌日は、当然の結果として甘利はベッドから起き上がれなくなった。熱が出たように頭がぼんやりとしている甘利の面倒を圭太がすべてみてくれた。

一人暮らしをしているからと、食事も上手い。まさに至れり尽くせりで、半分夢を見たような甘利を、とことんまで甘やかしてくれた。

夜になってようやくまともな思考を取り戻した甘利は、圭太が預けられていた鍵を返そうとしたとき、受け取らなかった。

『どういうこと？』

このときも、甘利は素直になれなかった。しかし、耳まで真っ赤に染め俯く様子に、圭太はすべてを理解した。

『俺、ここにいていいってことなんだ。そうだよね？』

甘利は、確認してくる圭太の言葉にも頷けずにいた。

『本当に、素直じゃないな』

小さなため息をついて、甘利の体をすっぽりと抱き締めてくれた。

そしてあの日からずっと、圭太は甘利の部屋にいる。


「ちょうど一週間だ」

電話を終えて五分で、圭太はやってきた。そして蟹専門の店で蟹づくし料理を前にして、嬉しそうに笑っている。

「何が？」

「俺が匡の家に転がりこんでから」

改めて言われて、甘利もそれを実感する。

「本当に居座るとは思っていなかったが」

「居座るとは人聞きが悪いな。鍵をくれたのは自分だよ」

もちろん、甘利が照れ隠しで言っているとわかっていて、圭太は笑いながらぼやく。

「でも、何度か自分の家には戻っているんだろう？」

「まあ、服を取りに行くぐらい」

「学校の教科書は？」

「そんなもん、要らない」

「そんなもんって……」

圭太は荷物が少ない。

甘利は彼のために2DKのうちの一部屋を提供したが、置かれているのはそれほど大きくないスポーツバッグがひとつだけだ。

服は常にジーンズで、シャツとフリースのジャケットを一枚と、革のブルゾンジャケット一枚で交互に着回している。

金がないのかと思ったが、そういうわけでもないらしい。

腕時計は学生には珍しいタグホイヤー製。身に着けているシルバーアクセサリーは、甘利でも名前を知っている高級ブランドのものだ。甘利が家にいない間に、雑誌やCDを外で買い込んでもいる。

「俺に出てってほしいなら、はっきりそう言わないと駄目だ。匡が思うよりも、俺は図々しい男だから」

「そういうわけではないけど……」

強い口調で言われて、甘利は慌ててフォローする。

「そうそう。たまには素直になろう」

圭太は笑う。

「匡って最初のときとずいぶん印象が違う。あのときはかなり猫を被ってたみたいだ。仮面というべきかもしれないいな」

不意に言われて考えてみるが、自分で意識したことはない。

「ちなみに、今の質問で今日の分は終わり」

「冗談だろう？　大した内容でもないのに」

甘利は本気で抗議する。

「内容如何に関わりなく、一回につき二つ」

蟹の鋏《はさみ》部分を甘利の顔の前に差し出す。

甘利は思わず圭太を睨みつけるが、彼はまるで気にする様子を見せない。

二人で会えたときは、二つずつ質問をしよう。あの日電話で決めた約束は、今も生きている。

もちろん、何かの瞬間に二つ以上になることもある。

たくさん聞きたいことはあるはずなのに、改まって質問しようと思うと、何が重要なのかわからなくなる。

これまでに圭太は甘利に、家族に関係することを聞いてきた。甘利も基本的に圭太に同じことを聞いているが、誤魔化され続けている。

年齢は百万と二歳。母親はウルトラの母。実家はM七十八星雲。通っている学校はいやいや園で、誕生日は「匡と出会った日」。

自分のことを喋りたくないだけなのだろう。それにしたってふざけすぎていると怒ったが、圭太は飄々としたものだった。

『嘘じゃないよ。俺、本当にいやいや園に通っていたんだ。先生は……』

真顔でそれを説明し始める。さらに。

『もし嘘だとしても、嘘をついたらいけないとは言ってない』

確かにそうだ。

だからと言って、あのときのやりとりで、「嘘をつかないこと」と条件をつけることのほうが妙だ。

「ずるい」

甘利はぼそりと、正直な気持ちを口にする。

「なんで」

「互いのことを知れば、好きになるはずだ。そう言ったのは、他でもない圭太だ。それなのに、当人がまったく自分のことを口にしない」

「——匡は、互いのことを知るということを、どういう意味で捉えている?」

圭太は箸を置き、真顔になった。

一般的に考えるのであれば、相手の名前や素性や趣味を知ること。そして相手の人となりを摑むことではないのだろうか。

突然の質問に、甘利は自分なりの答えを出す。

「だったら、俺が問いに答えていないから、匡は俺のことを今も知らないまま？」

甘利の答えに対し、さらに圭太は問いかけてくる。

「知らない。教えてくれたのは名前だけだから」

「本当に？」

間髪入れずに答えた甘利の顔を、圭太はじっと睨みつける。

「つまり、匡は俺のことを、好きになっていないということだ」

「それは違う」

論理の飛躍に、甘利は一瞬ついていけなかった。しかしすぐ圭太の言わんとすることがわかって強く否定する。

「匡は俺のことを知らないと言う。だったら、知らない俺のことは好きになっていないということじゃないのか？」

「それとこれは話が別だ」

「なんで別なの。匡は俺の表面のことを知らなければ、好きになれないんだって、自分でそう言ったじゃないか」

「だから、それは……」

否定しようとして、確かに圭太の言うことが納得できる。

甘利は圭太のことを知らない。しかしそれは、圭太に言わせれば「表面の部分」であり、彼を好きになるために必要な「内面の部分」ではない。その証拠に、一緒に過ごしている間に、甘利は圭太にさらに惹かれている。

それはなぜか――一緒に過ごすことで、圭太の何気ない仕種や振る舞い、彼の考え方が見えたからだ。

圭太の内側を、知ったから。

「……ごめん」

何も知らないわけではない。

確かに表面的な問題を知らないだけで、彼という人間を、前よりもたくさん知っている。それによって、自分は彼を愛しく思っている。経歴や素性で圭太に惹かれたわけではない。

「わかってくれたならいい。俺も悪い部分があるのはわかっている。匡に拗《す》ねられると面倒だから、さっきの質問をまとめてひとつとして、もうひとつだけ質問してもいいよ。今度は真剣に答える。なんかない？」

圭太は、手にビールの入ったグラスを持ち、甘利を見つめている。いつもの笑顔に甘利は安心する。

「突然言われても思いつかない」

「制限時間は十秒。九、八、七……」

「そんな、圭太っ」

「ろーく、五、四……」

甘利が文句を言おうと、彼はカウントをやめようとはしない。別に無理に質問をしなくても構わないのだが、さすがにこの状態で何も尋ねないのも癪《しゃく》に障る。

「さーん、にー」

「セミナーのあと、瑞水の人と何を話していた？」

「いーち……って、何が？」

ぎりぎりのところで間に合う。が、圭太は質問の意味がわからないようだった。

「今日のセミナーが終わってすぐ、瑞水の社員が圭太に気づいて、慌てて寄ってきてただろう？　あのとき」

「……見てたの？」

圭太の眉が微かに上がる。

「遠目だったからよくわからなかったが、上のほうの人間だろう、あの人。顔見知りか何か？」

「別に」

圭太は運ばれてきた蟹雑炊をお椀に盛った。

「アンケートに書いた内容でちょっと質問されただけ」

「そうなのか。セミナーを薦めてくれた人がいたと言っていたから、その関係なのかと思ってたけど」

「あ、ああ。そう。うん。アンケートにその人の名前を書いたんだ。その人と知り合いらしくてね」

「ふうん」

なんとなく、圭太にしては歯切れの悪い返事だった。だが、甘利はそれ以上は尋ねずに終わらせる。そして食事も終わらせて店を出た。


「結局最後まで、実のないセミナーだったな。あれで毎年やってるなんて、信じられない」

「人によっては、有益だと思っているらしいよ」

冷えた夜道をマンションに向かいながら、セミナーの愚痴を言い合う。

日米の大学で経済を学び、MBAの資格を取得している甘利はともかく、学生の身分で「実がない」と言えるのは、圭太ぐらいだろう。実際、他の学生はセミナー自体についていけていなかったように思う。

もちろん基本的には教材の棒読みで、定型の論理しか出てこなかったが、まるで無意味な内容ではなかった。

「一番ひどいのは、なんだと思った?」

「プレゼンテーション」

　即答だ。

「俺もそう思った」と甘利は同意する。

「プレゼンを教える人自体が、プレゼンができていないんだから、どうしようもない。起承転結の順番で説明したところで、なんの説得力も出てこない」

　自分の言うことを相手に理解してもらい同意を得、さらに実行に移してもらうこと。プレゼンテーションの基本が、圭太の言うとおり、講師には備わっていなかった。

　声は小さい。教材を棒読みするだけ。起承転結で話を進め、やけにおどおどしていた。自分の研究だけを楽しく勉強している、そんなタイプの人間だった。

「プレゼンス能力は簡単に備わるものではないけれど、自己分析ぐらいきっちりできてるだろうに。敵を知り、己を知らば百戦危うからず」

「孫子の兵法か。エニアグラムは知ってる？」

「俺？　忠実な人」

　あっさり答えが戻ってきて、甘利は少し驚いた。

　エニアグラムとは紀元前二千五百年以上前にギリシャ語の数字の九「エネア」を語源として誕生し、イエズス会が霊的カウンセリングに活用したことで発展した自己分析方法のひとつである。人間をその性格により、「改革する人」「人を助ける人」「動機づける人」「個性的な人」

「調べる人」「忠実な人」「熱中する人」「統率する人」「調停する人」の九つのタイプに分ける。

経済論とは似て非なるもののため、甘利自身、渡米した際に真田から教えられるまで知らなかった。

圭太が家に来てから、毎日セックスだけしているわけではない。気づけば現在の日本の政治や経済の矛盾を討論しあって、時間が過ぎることも多々あった。そして今のように、圭太の知識の深さにたびたび驚かされている。

「嘘だ」

しかし、驚きながらも甘利は圭太の答えを否定する。

「だったらなんだと思う?」

「統率する人」

自分で自分の世界をコントロールしたいという欲求の強い人である。

甘利の知っている「根岸《ねぎし》圭太」の人となりを総動員した結果だ。

「……へえ、『熱中する人』って、言われることが多いんだけどね、俺。甘利さんは『個性的な人』でしょう?」

前者は、常に物事の明るい面を見ようとするタイプであり、後者はナイーブな感受性の持ち主だ。

圭太は甘利の答えを肯定も否定もせず、代わりに甘利の性格を見事に言い当てる。普通につき合っている人間は、十人が十人、『調べる人』だというのに、圭太は甘利の本質部分を見抜いている。

「その表情からすると、アタリだ」

「違う。『調べる人』だ」

「表向きはそう見えるけど、絶対違うね。冷静沈着で理性的な人間に見えるけど、それは甘利さんが偽ってる自分だ」

「偽ってなんていない」

「そう?」

圭太は断言するものの、甘利の抗議に笑って話を終わらせる。そして圭太は甘利の肩に手を伸ばした。

「……圭太」

「大丈夫。誰も見ていない。寒いから、暖めて」

頰に触れてくる圭太の指は、本当に冷たかった。

「冷たい圭太に触られたら俺が寒くなる」

「お礼にマンションに着いたら、暖めてあげる」

耳元で囁かれ、甘利の全身に熱が生まれる。

「明日、休みでしょう?」

甘い問いに、甘利は頷く。

「それなら朝まで抱いてあげる。匡もしたいだろう?」

周囲を気にして甘利はじろりと圭太を睨むが、軽く腰を屈めて頭の高さを合わせていた彼は、満面の笑みを浮かべている。

「俺はしたいよ。匡はしたくない?」

屈託のない笑顔で尋ねられて、甘利は首を振る。

「抱いてと言えばいいのに。素直じゃないいな」

圭太はさらに肩に置いた手に力を入れ、体を密着させてくる。

「痛い。そんなにくっつくな」

冷たい言葉を放っても、行動には表さない。触れ合った場所から伝わる温もりが嬉しくて仕方がない。

どれだけ長くつき合っても、甘利のことを『個性的な人』だと言い当てた人は、これまでに一人しかいなかった。誰もが甘利の上辺を見て判断するのに、圭太はわずか一週間の中で、甘利の心の深淵《しんえん》まで覗き込んでいる。

圭太の瞳にじっと見つめられると、丸裸にされているような気持ちに陥ることがある。どれだけ何を隠しても、彼は知っている。そんな気がする。

素直に口にできない甘利の心の声を、彼は絶対に聞き逃さない。

「匡？」

横顔を見上げる甘利の視線に気づいた圭太は、笑顔を向けてくれる。

「なんでもない」

甘利は首を小さく振る。

なんでもない。ただ、言葉では言い尽くせないほど、幸せだった。

5

マンションの二階にある甘利の部屋まで、じゃれ合いながら階段を駆け上る。

そして玄関の中に入ってからも、もつれ合うようにベッドまで移動する。なかなか前に進めなくて、大変だった。

相手の前で自分から服を脱ぐ恥ずかしさもかなり薄れている。

キスを交わしながら互いの肌に触れ、ベッドの中に倒れ込む。最初は笑顔で、でも次第に二人とも真面目な顔で快感を追いかける。

そのギャップが楽しくて、一度終えたあとも二度目を求めてしまう。セックスというよりは、子どもが二人してじゃれているような楽しさがある。

「久しぶりだから、まずいな」

圭太《けいた》は己を甘利《あまり》の中へゆっくり挿入してから、苦笑する。

「なに、が……」

「ずっとこのままでいたい」

頬を擦り寄せてくる圭太の頭を、甘利はほんの一瞬狼狽《うろた》えながらも腕の中に抱き締める。

「いいよ……圭太の好きなようにして」

互いの体を触るだけはしていたが、ひとつになるという行為は、やはり何か違っている。他人の脈を体内に感じて、甘利もまたすごく感じている。

強く求めるのではなく、優しく求め合いたい。そんな歯の浮きそうな甘ったるい快感に酔っている。

「匡《ただし》……」

圭太は甘利の言葉に感動したのか、目尻を下げて、幸せな笑顔を作る。そんな顔をされたら、甘利も幸せになってしまう。

啄むキスを繰り返し、やがてゆっくり圭太は腰を動かす。

異物を受け入れ許容している甘利の中が、その動きに従ってしなやかに蠢《うごめ》いていく。濡れたそこは圭太を締め上げ、纏わりつき、同化しようとでもするように形を変える。

そして二人で高い頂を目指し、一気に上りつめる。何度辿り着いても、何度経験しても、もっと欲しくなる。

もっと、深く繋がりたくなる。

「サイコー……」

すべて解き放った圭太は、脱力して体重を下にいる甘利の体に預けてくる。汗の浮かぶ胸を重ね、互いの心臓の音に耳を傾ける。

まだ激しい行為の名残はあるが、少しずつ二人の脈動は、落ち着いたものへ戻り始める。

甘利は強い快感ゆえ、しばし声を出せなかった。

快感は、脳天まで突き抜けた。指先が痺れ、頭のてっぺんがぼうっとしている。

「匡、平気？　きつかった？」

最初に圭太に名前を呼ばれたのは、最初のセックスのときだった。あれからずっと、圭太は名前で甘利のことを呼んでいる。

「大、丈夫……」

いちいち比べているわけではないが、これまでつき合った男とは違い、圭太は必ず、甘利の気持ちや状態を確認してくる。

それは、セックスの場面に限ったことではない。真田《さなだ》も常に甘利を気遣っていたが、一方的な優しさだった。抱かれた記憶はあっても、対等な関係でのセックスに及んだ覚えはない。けれど圭太は違う。常に甘利と目線を合わせ、二人で同じものを見ようとしてくれるのだ。彼との間で年齢の差は感じられない。

「そういえば、……圭太はなんで、エニアグラムを知ってた？」

「この状態でそんなことを聞いてくるか？」

汗も乾かず圭太を受け入れたままの状態で、甘利は自分でも何を聞いていると思わないではなかった。しかし、真田がエニアグラムについて教えてくれたのも、ちょうどセックスの最中だったのだ。

「リーダー論の中で、まず自分を知るべきだと言われた。そのときに、トランザクション・アナライシスのエゴグラムと一緒に、エニアグラムを教わった。プレゼンテーションにも必要だと言っていた」

　圭太の言葉が、記憶の中の真田と重なる。彼と同じ持論を持つ人間は、他にもいるのだろう。

「その人、良い企画書を書くために、何をすればいいと言ったと思う？」

　まだ話を続けようとする圭太に、甘利は「ちょっと待て」と話を遮る。

「何？」

「この状態で企画書の話なんて、したくない。経営論を交わすのか、セックスを続けるのか、どちらかにしてくれないか」

　自分が先に自己分析の話を言い出したのはわかっているが、さすがに繋がった状態で、白熱した経営論を圭太と交わしたくはない。

　圭太はしばし本気で悩んだ挙げ句、結論を出す。

「わかった。まずはこっちに専念する。その話はまたあとで」

　圭太はすぐに破顔をして、甘利にキスをする。そして、二度目の頂上へ向けて準備を整えた。

「優秀な企画書は、ラブレターなんだって」

行為を終えてから、圭太は途中になっていた話を思い出した。

「どうして」

舌が痺れていて、甘利はまだはっきり言葉が紡げずにいた。

「企画書は、目的とする相手の興味を引き、どれだけ相手を思っているかを理解させて納得させるものだから、ラブレターと同じなんだって」

「見方を変えれば確かにそうとも言えるかもしれない」

甘利はなるほどと頷く。

「どれだけ自分が相手を思っているか、相手に理解させるかは、相手を知らなければ書けない。情報収集力も必要で、相手を唸《うな》らせるだけの文章構成力も必要だ。最高の企画書はつまりラブレターなんだというのが、その人の持論」

「なるほどね」

甘利はもっともらしい説明に、思わず深く頷いた。

「じゃあ逆に、相手をその気にできるラブレターは、最高の企画書である、ということだ」

「そういうことかな」

圭太は甘利の言葉に深く頷く。

「俺、匡宛てのラブレターならいくらでも書ける。まずは環境分析から始めて、それにはマクロ環境と業界環境と社内環境の三つの視点が必要なんだ。だから、なんで俺が匡を好きなのか、その理由を説明しないといけないな。最初はやっぱりセミナーで出会ったところから始めようか。それから……」

「もういい」

企画書のようなラブレターを圭太が書く。想像すると胸のわくわくするようなことだが、今ひとつ色っぽさに欠ける。

甘利は重くなる瞼を開けていられず、圭太の言葉を遮ってから彼の胸に額を押しつける。そしてやがて静かに眠りについた。

土曜日は昼頃に起き出したが、甘利は月曜日のための準備をしなければならなかった。

台所のテーブルで書類と首っ引きになる甘利の横で、圭太は床に寝転がって本を読んでいる。カバーがかかっていてタイトルは見えないが、どうやら経営書のようだ。

「どのぐらいで終わりそう？」

「よくわからないけれど、夜にはメドが立つと思う。映画でも観てきたらどうだ？　場所がわからなければ映画館の場所を教えるし」

「別にいいよ。こうしてぼっとしてるの嫌いじゃない。もし匡が邪魔だというなら外で時間潰してくるけど」

「そういうわけじゃない。ただ、暇じゃないかと思っただけで……」

「そう思ってくれるなら、早く仕事を終わらせて飯食いに行こうよ」

「どこに？　蟹は昨日食べたからふぐか？」

「そうだね。それでもいいな。今日は俺が奢るから」

「……どうして？」

思わぬことを言われて、甘利は手を止めた。

「いつも匡に食わせてもらってるから、今日ぐらいはお返し」

「お返しなんて学生が気にしなくても」

「気にしてるわけじゃない。ただ、奢りたいなと思っただけ。飯食わせてもらってる代わりに、下の口は満足させてるとは思ってるけど、なんとなくさ」

「——な、何を言い出すんだ」

一瞬言われたことがわからずにぽかんとしかけたが、わかった瞬間に甘利は赤面する。そして椅子から下りて、寝転がっている圭太の腹の上に跨《また》がり、頭を叩く。

「冗談だって。そんなに怒らなくてもいいだろう」

圭太はしばらく腕を交差して甘利の攻撃をガードしていた。やがて降参の姿勢を取り、逃げるようにして立ち上がる。彼はトイレへ向かう直前に、甘利が取り組んでいる書類を横から覗き込んだ。

「ここの数字が間違ってる」

「……え？」

甘利は圭太の指差した場所に目をやる。

「自己資本コストでしょう？　β値にリスクプレミアムをかけた数に非危険利子率をプラスして、さらに自己資本をかけるんだから、このβ値はこっちの会社の自社株価と、市場全体の株価の動きの相関関係値で……」

「あ、そうか。プラスマイナスが逆だから、どうしても計算が合わなかったんだ」

言われた通りに数字を入れ替えると、やっと思っていた数字が出てくる。

「わかった。ありがとう、圭太……」

しかしすでに圭太は、そこにはいなかった。どうやらトイレにいるらしい。

甘利は圭太の置いていった本を拾い上げる。

「ＥＶＡ創造の経営、か」

なるほど、と思う。

今甘利が計算していた数字こそ、このＥＶＡの計算式だったのだ。

経済付加価値と訳されるＥＶＡは、売り上げから資本コストを引いた利益に相当するものを示す。アメリカのスターン・スチュワート社が考案した、企業業績を評価するための指標でもある。ＥＶＡを理解し導入できれば、企業評価は非常にわかりやすくなる。ＥＶＡが上がれば企業価値が上がるという、明らかな指標になるからだ。

昨今、日本でもこのコンセプトを導入する会社もあり、実務に即した概念だ。

笑顔ばかりを見せ、冗談で流そうとする圭太の真の素顔に、甘利はまだ完全に出会えていない。彼の中には見えない仮面がいくつもあるのだろう。

甘利が現在手をつけている書類は、一目見て何がどうなっているか、わかるほど安易なものではない。それを彼は、いとも簡単に数字の誤りを見つけ出した。

『俺、甘利さんのこと、もっと知りたい。甘利さんも俺のことを知りたいだろう？　きっと俺たち、お互いのことを知ったら、好きになる』

どこまで相手のことを知れば、すべてを知ったことになるのだろう。そして、相手のことをどこまで好きになれるのだろう。

昨夜も話したように、一秒ごとに、彼に惹かれている。真田に惹かれたときのように彼しか見えない状態ではなく、圭太に惹かれる姿を見つめる冷静な自分がどこかに存在している。

ときおり、転がりそうな自分を引き止め、そのままでいいのかと聞いてくる。そのたびに、甘利は「大丈夫だ」と応じるのだ。自分を見失っていないからと理由づけして、冷静なつもりで相手にのめり込んでいく。

不安がないわけではない。気づいたときには取り返しのつかないほど溺《おぼ》れていたら、別れるときに自分が辛い。真田とのときにその辛さを痛感したはずなのに、今また同じ轍《てつ》を踏もうとしている。

でも、圭太と真田は違うからと、冷静な自分に反論する。だから、同じことは繰り返さないはずだ。そう言い聞かせることがすでに危ないのだと、自分でもよくわかっている。

予定より若干遅れて仕事を終えた甘利を、圭太は約束通りにふぐ料理の店に連れていってくれる。

「無理して、金が足りなくなっても知らないぞ」

「そのときには匡に泣きつく」

圭太は冗談として笑ってみせる。

ふぐ酒にふぐさし、お鍋。ひと通りのコースを食べて、腹は十分に満足した。

「久しぶりだ。ふぐを食べたのは」

「銀座《ぎんざ》あたりに行けば、もっと新鮮なふぐを食べられる。でも本当に美味いものを食いたければ、やっぱり山口《やまぐち》に行かないと」

「さすがに銀座のふぐの店には恐れ多くて入れないけど、圭太は入ったことあるのか？　それに、山口に親戚でもいるのか？」

何気なく口にした問いに、圭太は「また質問?」と怪訝な表情を見せる。

「そういうわけじゃない。ただ、詳しそうだったから聞いただけだ」

「父方の実家が山口で、祖父が大のふぐ好きなんだ。銀座の店は、親父の会社が銀座だったから……それで」

「ふぐ好きな祖父か。いいな。うちの親父は食い道楽だと言い張ったくせに、自分で金を出すときには、高い店には入れない小心者だった」

「匡は父親が嫌いなの?」

不意に尋ねられて、甘利は箸を止める。

改めて言われるまで、好き嫌いを考えたことはなかった。

「好きではない」

でも嫌いでもない。自分の中にある父に対するものは、そういう感情の範疇《はんちゅう》からは外れているようだ。

「曖昧《あいまい》な言い方だな」

「苦手なのは間違いないが、嫌いかと問われるとわからない。圭太はどうだ? どうしても答えたくないなら、答えなくてもいいけれど」

「先に釘《くぎ》を刺されると、答えないわけにいかないじゃないか」

圭太は苦笑する。しかしすぐには答えない。

とりあえず食事を終わらせ会計を済ませてから、外へ出る。

と、真っ暗な空から、雪が降り始めていた。

「冷えると思ったら雪だ」

店の前で二人して空を見上げる。圭太は両手を空へ向けて、小さな雪の結晶を掌で受けた。

「綺麗だな。すぐに消えちゃうけど」

「すぐに消えるからこそ、綺麗なんじゃないか？」

コートのポケットに手を突っ込んだまま甘利が言うと、圭太は驚いたような表情で振り返る。

脱色した明るい髪に降った雪が、綺麗に見えた。

「刹那的《せつなてき》だ、その考え」

「そうか？　俺はそう思ったことないけど」

甘利は首を傾げる。

「思い出は綺麗な形で残しておくほうだろう？　辛い思い出でも大切に保存して、あの頃はこうだったと思うんじゃないの？」

「それは……」

心臓が射抜かれたように痛む。

まるで真田とのことを言われたような気がした。

「ほら、図星だ」

満足げに笑われて、甘利はむっとする。

「勝手に解釈するな」

「そんなムキにならなくてもいいだろう。悪いと言ってるわけじゃないし」

「でも笑ってるじゃないか」

「微笑ましいなと思ったからだよ」

圭太はまるで自分のほうが年上のような言葉を口にする。肩を竦め、優しい瞳で甘利を見つめている。その蕩けそうな瞳に、甘利の中に小さな不安が生まれる。

「さっきの、父親をどう思っているかという話。俺は、本当の意味での父親を知らない。だから、答えようがないんだ」

「圭太……」

銀座の会社に勤め、山口出身だという父親のことなのだろうか。

「そんな申し訳なさそうな顔をしなくてもいい。父親がいなくたって親代わりみたいな人間はたくさんいて、必要なことは全部教えてもらってるから」

圭太はあっけらかんと、初めて自分の身内の話を打ち明けた。しかし甘利はそれに対し、何をどう言えばいいのかわからなかった。

「話は変わるけど、実は、ビジネスセミナーの第一回目に出たとき、あまりのつまらなさに次は出るもんかと、最初の五分で決めた」

TOKUMA SHOTEN
COMIC & YOUNG BOOK
INFORMATION for GIRLS／2001.02: No.47
徳間書店 2001年2月刊行案内■〒105-8055 東京都港区東新橋 1-1-16 ✆03（3573）0111（大代表）

キャラ文庫 3

五百香ノエル

イラスト◆金ひかる

[この世の果て GENE《ゲーン》5]

★このイラストはカバーと異なります。
運命の夜が今はじまる——

兄王子タオホンを倒し、王位に就いたヤンアーチェ。兄王子の妾イリを後宮へ幽閉するが…。

斑鳩

イラスト

[秒殺し

★このイラストはカバーと異なります。

夜のバーで見慣れなし

ところがそいつは、帰

7(火)発売!!

ブルー]のみ 本体514円 +税)

城

ノー]

既刊
ノイズ]他

ふゆの仁子

イラスト◆雪舟 薫

[恋愛戦略の定義]

戦略事業部の甘利《あまり》は、ある経営セミナーで鋭い意見を持つ青年・圭太《けいた》を知る。彼に惹かれる甘利だが…。

●好評既刊[ボディスペシャルNO.1]他

Chara COMICS

2/24(土

◆店頭で見あたらない時には、お店のレジで注文してね。 ●

雁川せゆ

［ラプラスの天使Ⅳ］

二人きりでドイツで暮らす貴行《たかゆき》と櫂《かい》の間にアレクが乱入!? 櫂にも浮気疑惑が浮上して――!?

●好評既刊［さまよえる少年に純愛を］全2巻他

高

高校生漫画
執筆中の
告白されて

Chara COMICS

3/24（土）発売!!

◆本屋さんで予約すると、確実に手に入るよ。 ●各定価560円 本体533円

原作 秋月こお　作画 こいでみえこ

［やってらんねェぜ！外伝 ハーフムーン・エモーション］

千里&叶シリーズ
コミックス化!!

若手ヘアデザイナー・千里《ちさと》と青年社長・叶《かなえ》は同居三年目の恋人同士。二人を引き裂くCM業界の罠が!?

やまかみ梨由

［DEEP《ディープ》 FLOWER《フラワー》］

鮮烈な恋の
痛みが蘇る…

憧れのモデルで同級生の皆耶《かいや》に乱暴され、傷ついた圭《けい》。執拗な束縛に苦しんだ圭は、姿を消すが――。

両手をブルゾンのポケットに突っ込んで、圭太はおもむろに話を始める。

「そう言いながら、最後まで出たじゃないか」

「匡がいたから」

「俺……？」

驚いた甘利の言葉に、圭太は頷きで返す。

「この容姿で浮いていただろう？　色々な視線を浴びるし、セミナーの内容はろくなことはないし、最低だって思った。でも、俺を見る視線の中に匡を見つけて、それから匡の顔を見るためにセミナーに参加するようになった」

圭太は真顔で、初めてその事実を明かす。

「もちろん、そのときにはこんなふうになるとは思っていなかったけどね」

しかしすぐに照れ笑いを浮かべ、額に下りた前髪を軽くかき上げる。

「自分の容姿が目立つと思ってたのに、どうしていつもそんな格好で出席してたんだ？」

「ちょっとした抵抗」

甘利は圭太の言葉に素直に反応できずに、話題を変える。

「何に対して？」

「――強いて言えば、自分」

一拍置いて、いつもと違う神妙な様子で、圭太は自分で分析した言葉を口にする。

「自分？」

「ゲーム理論の利益衝突度合いで考えた場合、匡は、恋愛がゼロサム・ゲームとプラスサム・ゲームのどちらに分類されると思う？」

前後の脈絡なくまた話が飛んだ。

しかし、恋愛をゲーム理論になぞらえられたのは初めてではない。驚かずに甘利は自分なりの答えを出す。

「利害が真っ向から衝突するとは思えないが、基本的にはゼロサム・ゲームだと思う」

「勝つか負けるか、ということ？」

「そこまで具体的に判断基準はないけれど……」

成就するかしないか。そこで甘利は分けていた。

「成就しなくても、その相手と出会ったことで、自分自身が成長するという利点は考えられない？」

「それよりも、失うものが大きいだろう？」

「そっか」

圭太は甘利の言葉に素直に頷いた。

ちらちらした雪は、アスファルトまで辿り着いた瞬間、消えていく。気温は低いが、積もる気配はない。

「圭太。酔ったのか。うちはこっちだ」

分かれ道に辿り着いたところで、左に進もうとする圭太を、甘利は笑いながら呼び止める。

「言ってなかったっけ？　明日の朝用事があるから、うちに帰らないとまずいんだ」

振り返って、圭太はポケットに手を突っ込んだまま笑う。

「……聞いていない」

甘利の声が無意識に沈む。

「ごめん。言ったつもりだった」

圭太は笑顔で続ける。その笑顔がなぜか遠く見える。

「うちから出るのでは間に合わないのか」

「必要なものがうちにあるから」

「何時までかかる？」

「よくわかんない」

「遅くなっても構わないから、来られるなら連絡を入れて……」

「そんなに、俺がいないと寂しい？」

にやにやと笑われて、甘利は自分の言っていることが急に恥ずかしくなる。

一日二日いないぐらいで、これほど慌てる必要などないはずだ。そう思おうとしても、月曜日に控えた会議を考えると、一人で部屋にいたくなかった。急激な不安が胸に押し寄せてくる。

「……そういうわけじゃない」

でも、素直にそれを口にできない。

「本当に正直じゃないな、匡は。たまには素直に言ってごらんって。俺のことが好きだから、ずっと一緒にいたいって」

「誰がそんなことを言った?」

揶揄しながらも圭太の笑顔に、甘利の胸は苦しくなる。彼の言葉は図星をついている。一緒にいたいから、彼がいないことが寂しい。ずっと一緒にいたい。行かないでくれと言いたい。素直になりたいけれど、この状態でなお、小さなプライドがそれを邪魔する。

「勝手に自惚《うぬぼ》れていろ。俺は帰る」

「冷たいな、匡は」

恨みがましい言葉を背中に浴びながら、甘利は振り返らずにがつがつ大股《おおまた》で歩いていく。

一人で歩き始めた途端、降ってくる雪の冷たさを実感する。首筋や指先が痛いほどに冷えている。

「寒い……」

体だけではなくて心も寒い。真っ暗な道を街灯だけを頼りに歩きながら、ふと思い立って足を止める。そして振り返ってみるが、すでに圭太の姿は見えない。

「当たり前か」

彼と別れてからもうずいぶん歩いている。この雪の中、待っているわけもない。わかっていても、圭太がいないことがひどく心細くて寂しい。

マンションまで帰り着くと、底冷えする寒さに我慢できず、部屋の暖房のスイッチを入れ、さらに湯をためた風呂に浸かる。

十分暖まってから部屋に戻った瞬間、なんとも言えない虚脱感が心の中に広がる。

決して広いとは言えない2DKがやけに広く感じられるのは、圭太がいないからだ。床に寝転がり本を読む姿や、一緒に食事を摂る彼の姿が、部屋のあちこちに残っている。

彼のために開けておいた部屋には、彼の荷物の入ったスポーツバッグが置かれている。

今生の別れではないとわかっていても、寂しい。真田と別れたときのことが蘇って、古傷がしくしく痛み出す。

無性に口寂しさを覚えて、煙草に火を点ける。ここのところずっと煙草を吸わずにいたのは、その暇がなかったせいかもしれない。そのぐらい、キスをすることと喋ることに忙しかった。

不意に蘇る唇の感覚に、背筋が粟立つ。

「女々しいぞ、甘利匡」

頬を軽く叩いていると、携帯電話が鳴った。

「圭太？」

なんら根拠があったわけではない。けれど咄嗟にそう思って慌てて先ほどまで着ていた上着のポケットから携帯を取り出す。表示には「コイビト　ケイタ」と出ていた。

「もしもし」

『もしもーし。コイビトケイタです』

明るい声に、沈んでいた気持ちが浮上してくる。なんてゲンキンなのだろうと思うが、正直な気持ちだ。

「何がコイビトだ」

椅子に座り、煙草の灰を落とす。

『冷たいな。別れたあと、どうしても匡の声が聞きたくて電話したっていうのに』

「よく言う。もう家に着いたのか？」

尋ねてから、車の音が聞こえた。

『違う、外』

「まだ駅？」

窓の外で、パトカーの音がしていた。と思うと、圭太の携帯からも同じ音がする。ものすごいタイミングだ。

『違う』

「じゃあ、どこ?」

『知りたい?』

「知りたいね」

素直に聞いたところで、いつも教えてくれない。だから甘利はそのままの勢いで尋ねる。

『まだそっちは雪が降ってる?』

「どうだろう。カーテンを閉めてるからわからない」

そしてまた話題が変わる。どうせ教える気はないのだろうと、甘利は流した。

『窓の外、見てみて。積もってない?』

「なんで俺が見ないといけないんだ? 圭太が自分で見られないのか?」

『こっちの状況を知りたいわけじゃない。寒いかもしれないから上着着て、確認して』

別れてから一時間ほどしか経っていない。それで、大した天候の違いもないだろうに。と思いながらも、煙草を灰皿に置き、手元にある上着を羽織ってから、ベランダのある側のカーテンを開けた。

部屋と外の温度差が相当あるのだろう。結露ができている。

「寒そうだな」

窓を開けると冷たい風が吹き込んでくる。それでもサンダルを履いて外に出る。

『どう?』

「もう雪は止んでるみたいだ」

『積もってる?』

「いや…さすがに……」

遠くに微かに見える通りは、うっすら雪化粧に覆われているが、明日の朝に日が射せば溶けるぐらいだ。さらにベランダから体を乗り出すようにして地面を眺めようとした瞬間、甘利は硬直する。

『どう? 積もってる?』

「圭太っ!」

息が止まるかと思った。

ちょうどベランダから真下に圭太が立っていたのだ。よくも、まるで口調を変えることなく、雪が降っているか確認しろと言えるものだ。

彼は甘利の姿を見てにやにやしながら、口の前に指を立てた。

『大きな声を出したら駄目だ。もう遅い時間なんだ』

「なんで、そんなところにいるんだ?」

誰のせいだという言葉を飲み込む。

『匡に会いたかったから』

「だったら上がってくればいいじゃないか。寒いだろう?」

『上がってきてほしい？』

上がってきてほしい。そばに来て、抱き締めてほしい。そう思いながらも、言葉は声にはならない。

「……ばか」

『こういう状況でも、言ってくれないんだ。つまらない』

圭太は笑っている。

いったいいつからそこにいたのだろうか。

「とにかくすぐ下りていくから、待ってろ。せっかくだから荷物も持っていったほうが……」

『邪魔かな、あったら』

「そんなことはないけれど」

『だったら預かっておいて。次に取りに来るときまで』

前髪をかき上げた彼は、ベランダにいる甘利をじっと見つめている。

『なんかこうしていると、ロミオとジュリエットみたいだよね。バルコニー越しの告白。ロミオ様、ああ、ロミオ様。あなたはどうしてロミオ様なの。ほら、言ってみる気、ない？』

「ふざけたことを言うのも休み休みにしろ」

圭太は寒いところに突っ立って、何を言い出すのだろうか。

『匡は恋人と、ロミオとジュリエットみたいに立場が別になってしまったら、どうする？』

「利害が衝突する立場、ということか」

問いかけながら、どきりと心臓が鼓動する。

『そう。モンタギューとキャピュレットみたいに、対立する立場になったら。ロミオはロミオだと割り切るか、それともしょせんは対立する人間だと諦めるか』

真田との別れがまさにそれだった。彼はオニキスからシルフィへの引き抜きに合い、オニキスとともに自分を切り捨てた。真田にとって、自分はその程度の存在にすぎなかったことを思い知らされた。

「――諦める」

諦めた。選択肢は残されていなかった。

『恋愛はゼロサム・ゲームじゃないのに？』

だが、あのときはゼロサム・ゲームだった。仮定の話をしているわけではない。過去にあった話なのだ。

『ロミオがモンタギュー家の人間だと知らないとき、ロミオを好きになったのに？』

「物語の話を圭太と議論して、なんの意味がある？」

何が言いたいのかわからない。上着を着ていても肌寒かった。

「言いたいことがあるなら上がってこい。コーヒーぐらい用意するから」

『ありがとう。でもいいんだ。本当に匡の顔を一目見たかっただけだから』

圭太は手を横に振る。

「圭太っ」

『俺が言いたいのは……ジュリエットがロミオを好きになったのは、彼がロミオだったからであってモンタギューの人間だとか、そういうものはすべて後からついてきたものだってこと。ロミオも同じで、ジュリエットがジュリエットだから、好きになった。ジュリエットがキャピュレットの人間だと知っても、なんら気持ちに揺らぎはなかった。でも彼らの周囲はそれを許さなかった。だから二人はお互いの愛のために命を捨てたんだ。愛を貫くために』

「――どういうことだ?」

いつもと違う声色に、甘利の心に不安が押し寄せる。自分の素性を明かそうとしない圭太のことが、彼が口にしたロミオと重なる。

自分も同じだと言いたいのか。

甘利が圭太のことを、圭太であるから好きになったのと同じで、圭太もまた甘利のことを甘利だから好きになった。

家柄も素性も関係ない、甘利匡と根岸《ねぎし》圭太という個々の存在として。

『愛してる』

電話を通して聞こえたはずの声が、まるで耳元で直に囁かれたような響きと優しさを持つ。

吐息の熱さまで伝わってきそうな声に、どうしようもなく胸が痛くなる。

「圭太」

『愛してる、愛してる、愛してる、愛してる。すっごく愛している。ずっと愛している。何があっても愛してる。死ぬほど愛してる。死ぬまで愛してる。死んでも愛してる。永遠に――永遠に匡だけを愛してる』

「……圭太！」

背筋が寒いのは、外にいるからだけではない。

『これまで言ったことなかったからね、その分いっぱい伝えたかったんだ。これだけ言われたら匡も言いたくならない？』

「な、なるものか」

喉まで出かかった。でも、ここで口にしたくなかった。なぜか、すべてが終わりそうな気がしたから。どうしてこんなことを思わなくてはならないのか。何がそんなにも不安なのか。

自分でもその理由がわからない。

『本当に素直じゃないよな。でも、いい。素直じゃないフリして、匡が誰よりすごく情に深くて、俺のことを愛していると知ってるから』

圭太はそこでぷつりと電源を切る。

「圭太っ」

慌てて彼の名前を呼ぶ甘利に、圭太は下から手を振る。ばいばいと、彼の唇が動いた。

「ちょっと待て。今、そこまで行くから。すぐだから、圭太」

しかし彼は首を左右に振って、再び口の前に指を立てる。

「ったく……」

甘利はそれには従わず、急いで部屋の中に戻ると、鍵をかけずにサンダルだけを履いて外に飛び出す。

階段を駆け下りて、急いでベランダ側の外に回る。

「圭太っ！」

しかし、すでに彼の姿はなかった。

ちょうど彼の立っていた場所から駅の方角へ向かって、靴の痕が残っている。それを辿って甘利は全速力で走る。今ならまだ追いつくかもしれない。

朝寝坊をして遅刻しそうになっても走らないほどの全速力で駅へ向かう。心臓が爆発しそうだった。

「圭太の、ばかやろう……なんで、待ってないんだ」

この一週間、しつこいぐらいに甘利に連絡をしてきたのは、圭太のほうだった。甘利は彼の優しい声や甘い誘いに素直になれず、嫌味なことばかり言った。

それは、圭太が何を言っても、絶対に許してくれると思っていたからだ。文句を言いながらも笑顔で、「素直じゃないの」と優しく返してくる。天の邪鬼な甘利の言葉を、彼は心の耳で聞いていてくれた。

　でも、愛しているという言葉ぐらい、素直に口にすればよかった。

　ずっと戸惑い続けてきた気持ちだった。

　一夜だけのつもりから始まった関係だから、素直になれなかった。真田とのことがあったから、本気にならないように牽制《けんせい》していた。

　でもそれらを乗り越えて、自分はとうに圭太を愛していた。

「言いたいことだけ言って逃げるなんて、最低だ」

　素直になろうと思いながら、口をつくのは文句だけ。息が苦しくて、でも足を止めたら追いつけない気がして、必死に走り続ける。

　けれど。

「いない」

　駅まで辿り着いたのに、圭太の姿はなかった。終電は出ている。駅員に聞いてみるが、まるで要領を得ない。

「そうだ。電話をかければよかったんだ」

　ふと携帯で話している学生に気づいて、甘利は慌てて手にしていた携帯を思い出す。追いかけなくてはならないと必死だったせいで、持っていたことすら忘れていた。

「……ったく、圭太の奴」

普段は口にしない言葉遣いでぼやきながら、甘利は圭太の番号を押した。すぐに繋がるだろうと思っていたのに、聞こえてくるのは機械音だけだ。

『現在この電話は、電源を切っているか、電波の届かないところに……』

地下鉄に乗っているのかもしれない。

そう思って、とりあえず家に戻ろうと思うが、走り続けたせいで気持ち悪くなった。

「……最低だなあ、もう」

タクシーに乗る気力もなくて、冷たいベンチに腰を下ろす。

こんなに焦らなくても、明日の夜か明後日ぐらいには、またひょっこりやってくるだろう。

そう思おうとするが、なぜか落ち着かない。

いつもと違う圭太の様子が気になって仕方がない。

わざわざ家の前まで来ていながら、どうして彼はあのまま帰ってしまったのか。

なぜ今日突然に、愛しているなどと言うのか。

ただでさえ月曜日の会議を思って落ち着かない気持ちが、圭太のことで胸が潰れそうに痛む。

次から次に押し寄せる不安に、全身に震えが走った。

「帰ろう」

このままだと風邪を引く。

月曜日は、絶対に会社を休むわけにはいかない。

圭太は帰ってくる。荷物も置いたままだし、彼は「次に来るときまで預かっておいて」と言ったのだ。携帯電話の番号も知っているのだし、焦ることはないはずだ。

「次に会ったときは、懲らしめてやるからな」

だから、早く帰っておいで。

強がりを口にしてから、甘利は圭太の体を抱き締める代わりに自分の肩を抱くようにして、帰路についた。

6

通常よりも一時間早く甘利《あまり》が会社に着いたとき、すでに戦略事業部の人間は、ほとんど顔を揃えていた。緊張していた気持ちが、さらに引き締まる。

常務から順番に挨拶を済ませ、最後に坊城《ぼうじょう》に挨拶をする。

「おはようございます」

「どうした。寝不足か？　緊張で眠れなかったわけじゃないだろうな」

「そういうわけじゃありません」

甘利は慌てて顔を手で覆う。

「今日は大切な日だ。どういうことでも相手につけ入られる隙を作るなよ」

「わかっています」

寝不足なのは事実だ。

甘利は荷物を置いてからトイレに向かい、鏡を覗き込んで目が赤いことを確認する。

「……本当に真っ赤だ」

土曜日、寒空に薄着で歩いたのと、今朝方まで眠れなかったせいだろう。目薬を差してみるが、染みるだけだった。

これも、圭太《けいた》のせいだ。

「電話ぐらい入れればいいのに」

圭太が帰ってくるかもしれないと、彼をずっと待っていた。しかし、彼は帰ってこなかった。合鍵は、土曜日に戻ってきたらポストの中に入っていた。

いつもしつこいぐらいに電話をしてくるのに、こちらから携帯に連絡を入れてもずっと繋がらない。

これが何を意味するのかわからないほど、甘利は純粋無垢《むく》でもなければ世間知らずでもない。だが、信じたくなかった。夜、ベランダの下にいた圭太と交わした会話があるからこそ、なんらかの理由があるのだと思いたい。

「とりあえずは、忘れよう」

不安な気持ちを残したまま、会議に出席はできない。気持ちを切り換えるために水で顔を洗い、濡れた頰を両手でぱちぱち叩く。

前髪を軽く指でセットし直し、改めて部屋へ戻ろうとすると、なぜか扉は閉められ、中がざわついていた。

会議のための打ち合わせでも始まったのか、それとも緊急事態でも起きたのか。

「失礼します」

軽くノックをしてから用心深く扉を開ける。そしてそっと中を覗いた甘利の目に、扉のすぐ前に立つ背広を着た男の後ろ姿が飛び込んでくる。

足元は、きっちり磨かれた濃茶の革靴。百八十センチに若干欠ける程度の長身で、傍目からでもわかる上質のスーツに包まれた体は、全体的に引き締まっている。そして広い肩幅から伸びる太い首に、綺麗にセットされた、白いものが混ざった髪。

「真田《さなだ》さん……」

頭でそれが誰かを認識する前に、甘利はその名前を口にしていた。背中を向けていた男は、甘利の声に反応して肩を揺らし、ゆっくりと振り返る。

「久しぶりだ、甘利くん。元気だったか?」

一重だが細くない目に、穏やかな笑顔。鷲鼻《わしばな》気味の鼻。若干皺が増えた程度で、それ以外は何一つとして記憶にある顔と変わりない。

「は、い、なぜ、我が社に」

激しく動揺する気持ちを必死に立て直し、冷静さを保って質問する。

「瑞水《たんすい》さんとの会議に、当社も立ち合わせていただくことになりました」

「……部長?」

監視役、というところか。

「今、その説明をしていたところだ。とりあえず席に座りなさい。これからの予定について最終確認をする。常務は所用で会議には出席されない」

岸《きし》は感情を表に出しやすいタイプだ。だから、さぞかし苦虫を噛み潰したような表情をしているだろうと思ったが、驚くほど落ち着き払った様子を見せている。かつて同じ職場で仕事をした同僚だからなのか、それともなんらかの理由があるのかはわからない。

甘利は真田の前を通る間、彼の視線を全身に浴びているような錯覚に陥りかけた。

自分の席につき、机の上に置かれた資料を目で追いながら、最終確認で岸の説明を聞く。

会議開始は午後二時。瑞水の第一会議室。まず互いの業績報告を行い、従来の契約内容の確認。そして更新の議決の際に、異を唱える。契約解除が可能な最終日が今日だ。

理由を岸から述べ、資料を提出。契約更新をする場合の条件を呈示したあと、瑞水側のノーが出た段階で、契約解除を申し出る。その場でシルフィの代表権を有する真田との間で、仮契約の締結を行い、同時に臨時株主総会の招集を行う。

以上が予定されたシナリオだ。しかし、当初シルフィとの提携については予定のみを話すだけのはずだったが、金曜日から今日までの間で、変更が入っていた。

今回の瑞水との提携解消が事実関係として明らかになった時点で、株式市場において、オニキスと瑞水の株が売りに出された結果早々に下落し、シルフィのみ上昇しているという。

突然の真田の計画参加にしても、すべてのタイミングがシルフィに優利に動いているようだ。

「瑞水側は、会議に第三者であるシルフィの人間が出席することを、許可しているのでしょうか？」

「それについては、すでにシルフィ本社より瑞水に話が通っているそうだ。我々が心配するに及ばない」

岸の返事に、部屋の中がざわつく。

なぜ、業務提携に失敗したシルフィと瑞水の間で、そのような話が進んでいるのか。株式の大量保有や公開買付の話が、皆の不安を駆り立てる。

「あらぬ誤解を避けるため申し上げておきますが、ご存知の通り瑞水の現社長である東海林《しょうじ》兼次《かねつぐ》氏は心の広い方で、同業他社にも自社の政策を参考にせよという考え方です。もちろん御社と当社の裏事情をご存知ではありませんし、また当社と東海林氏との間に、他の密約が存在するわけでもありません」

真田はよく通る穏やかな声と喋りで、ざわついていた部屋を、一瞬にして静まらせる。

現在戦略事業部にいる人間のほとんどが、真田とともに仕事をしている。そして、彼の手腕や実力を目の当たりにしているがため、恐れ敬っている。

オニキスの上層部は、そんな真田の能力を、実は煙たがっていたという噂が、彼がヘッドハンティングされたあとでまことしやかに流れていた。

実際彼の人的コネクションは、自社内にとどまらず世界各国に及ぶことを考えれば、あながち嘘ではないかもしれない。

「金曜日にも申し上げましたが、今日からがスタートです。気を引き締めておくように」

岸の言葉に、全員が頷く。


常務と岸は真田を連れ立って部屋を出ていく。扉が閉まってから、全員に安堵の息が漏れる。甘利もまた、急激に胃の痛みを覚えて、頭を机に押しつけた。

「どうした。調子悪いのか?」

「ちょっと胃が……」

「わかる。俺も真田さんの顔を見た瞬間、脂汗が浮かんだ」

坊城にしては珍しい言葉に、甘利は苦笑する。

「坊城さんでも緊張するんですか」

「真田さんには俺もしごかれた口だからな。おそらく甘利よりもスパルタ教育された。マーケティング戦略について自信が持てるのは、真田さんのおかげだが、それでも真田さんのマーケティング力には敵わないと思う」

坊城のマーケティング論をもってしても、真田に敵わない。年齢や経験からくるものだけではないだろう。

真田は、一を見て十を理解し、さらに二十にも三十にも発展させていく。彼の元で学んだ二年の間に、甘利はひとつのものを様々な局面から見る方法を教わった。だが、甘利は固定観念を完全に排除することができずにゼロ思考になれなかった。

「とりあえず、俺たちが思っているよりも、今回の件は厄介な状態らしい。二枚も三枚も舌を持つ人間が揃っているんだ。容易に進むわけはないだろうが」

さすがの坊城の表情からも、余裕の笑みは消えていた。

瑞水飲料株式会社の本社は、中央区銀座《ぎんざ》の一等地にある。

地上八階建てのビルの中には、各地方にある工場の生産ラインを統括する部門から、各販売会社への納品や販売、また自動販売機の設置台数やそこでの売り上げを一括管理する電算部門を含め、瑞水のすべてがそこに凝縮されている。

甘利もここを訪れているが、そのたびに、自社との規模の違いに嘆息する。付近には老舗の寿司屋やふぐなどを扱う有名な割烹《かっぽう》料理の店が並ぶ。

ある意味、今回の業務提携解消は、オニキスにとって自殺行為とも取れる。無謀だと言う経営評論家のほうが多いだろう。

しかし、今動き出さなければ、永遠に状況は変わらない。業績は落ち込むことはないだろうが、いつまで経っても瑞水の子会社のままなのだ。

自社のみでは、乗り切れないのがわかっているから、シルフィと手を組む道を選んだ。シルフィが単なるボランティアではなく下心があるのがわかっていても、他に選択肢はなかった。

第一会議室には、会議用テーブルが縦に二列並べられていた。

窓側にオニキス、壁側に瑞水の人間がそれぞれ二十人ずつ四十人が顔を連ね、下の部分に真田以下シルフィの社員が表向き三人傍観者を決め込んだ。

瑞水側のトップは、東海林兼良《かねよし》だった。

兼良はカリスマ帝王の孫に当たり、現社長の三十六歳になる長男であり、瑞水取締役でもある。

父親似で全体的にガタイは大きいが、筋肉質ではない。世間に揉《も》まれていないためかどこにも引き締まったところが感じられず、態度もだらしない。瑞水トップとして会議に出席しているにも拘わらず、まるで内容を理解していない。つまり、瑞水をゆでガエル現象に陥らせている原因の一人だ。

帝王が君臨していた時代には、彼は優秀なスタッフで周りを鉄壁で固めていたが、今の社長は見るからに隙だらけなのだ。そして同じように腑抜《ふぬ》けの現在のスタッフは、その隙に気づいていない。

全員が顔を揃えたところで、恒例になっている会議が始まる。

最初にまず、シルフィの人間が同席していることを、真田がみずから瑞水側に説明をする。本来注意を引くべき事実でも瑞水の人間は特に関心もないらしく、そのまま話を流してしまう。

それから、オニキス、瑞水それぞれの担当者が現在の状況を報告し合い、契約書の内容確認を行う。

そこまでは、いつも通り流れていく。

瑞水の社員など、業績報告などにはほとんど耳を貸さず、余計な私語を交わしている。普段の会議であれば、黙ってただ話を聞くだけの退屈な時間だろう。

ところが、岸が契約更新をしない旨を告げたところで、会議室が水を打ったように静まった。

「岸くん。いったい何を……?」

「資料を配布いたしますので、そちらをご覧いただきながら、事情説明をいたします」

アシスタントとして同席している瑞水の社員に、岸は書類一式を託《たく》した。

そして説明を始めるが、彼らはまるで事の子細が理解できないようだった。

自社企画製造による飲料水の販売については、以前からことあるごとに瑞水に持ちかけている。それにまるで耳を貸さなかったのは、瑞水だ。

「契約更新のための条件をさらに続けます」

岸の代わりに坊城が説明を始める。

しかし、瑞水がそれに承諾するわけもない。

「君たちは、そんな横暴な条件が受け入れられるとでも思っているのか？」

顔を真っ赤にして、兼良は怒りを露にする。

「受け入れていただけなければ、契約を更新しないだけのことです」

坊城は反論を一切拒み、話を一方的に終わらせる。

瑞水側からは様々なやじや文句が飛び始めるが、それはすべて想定していたことだ。オニキス側の人間はまるで顔色を変えることなく、予定通りのスケジュールで話を進めていく。

「東海林さん。こちら側の意見は以上です。資料もすべて提出いたしました。その上でご検討くださいませんか」

瑞水側に、岸は結論を促す。

この事態を想定していなかっただろう彼らの間で、慌てて話を始めたところで意見がまとまるはずもない。おまけに、事情を把握しているのはピラミッドの底辺にいる出席者が主で、兼良をはじめとする幹部はまるでわかっていないのだ。

「即答いただけないようでしたら、御社内でご検討いただいても構いませんが」

「だからね、君たちはいったい何を考えているんだと言っているんだよ。仮にも我が社は君たちの会社の親とも言うべき立場で、その親に対して恩を仇《あだ》で返すような……」

「お言葉ですが」

岸は感情的になっている兼良の言葉を遮る。

「弊社の筆頭株主は先週金曜より、今日の会議に同席されているシルフィ・インクであり、比率は五パーセントとなっております。そして御社が保有されている弊社の株は二パーセント以下であり、数多くある株主の皆様方の一部に過ぎません。そこをよくご理解くださいますよう、お願い申し上げます」

言葉は非常に丁寧であるが、まさに慇懃《いんぎん》無礼と言うべきだろう。東海林は顔をさらに真っ赤にするが、続ける言葉が見つからないらしい。

「し、失礼じゃないか、君！」

そしておもむろに席を立ち上がり、岸を指差した。

「東海林様。現在は会議中です。ご着席いただけませんでしょうか」

しかし岸はまるで顔色を変えず、兼良の神経を逆撫でするような冷静さで応対する。

ある程度の混乱は予想していたが、東海林のここまでの切れ方は予想外だ。甘利は内心ひやひやしながら、周囲へ視線を巡らせる。坊城は相変わらずの無表情で、他の同僚も同じだ。

そして、できるだけ視線を向けないようにしていた真田は、口元に小さな笑みを浮かべていた。他の人は気づかない程度の、微笑みだ。その笑みが何を意味するのだろうかと甘利が怪訝な視線を向けたところで、会議室の扉が外からノックされた。

アシスタントの社員がすぐそちらへ向かい、扉を開ける。

「お取り込み中のところ、失礼いたします」

甘利の全身が、その声を耳にした瞬間、大きく震えた。そして驚きや戸惑いといったなんらかの感情を覚える前に、甘利の目は扉の前に現れた男の顔を認識していた。


——圭太?


あやうく声になりかけた言葉をぎりぎりで抑えられたのは、まさに奇跡に近かった。

背筋がきっちり伸びていて、四肢も長い男は、濃紺の三ツボタンスーツを嫌味なく着こなしている。さらに背が高く、肩幅も広い。

そこから長く太い首の上が伸び、形のよい頭をすっきりと切り揃えられた黒い髪が覆っている。二重にしては切れ長の目に、高く形のよい鼻。唇は真一文字に結ばれ、それだけで凛々《りり》しい印象を周囲に醸し出している。

耳にピアスはなく、髪も茶色くなくて、ジーンズにパーカー姿ではないが、あれは間違いなく圭太だ。

甘利は机の上に乗せた掌を、無意識に強く握り締める。背筋に冷たいものが走り、全身に鳥肌が立つ。脂汗を浮かべ今にも貧血で倒れそうになるところを、意地で堪える。

「なんだ、君は。今は大切な会議中で……」

兼良の隣りにいた瑞水の社員が声を荒らげた。

「私が許可している」

圭太の後ろから、さらにもう一人男が入ってくる。

風采《ふうさい》の上がらない中年で、白髪の多い恰幅のいい、はちきれそうな腹をした男の登場に、その場にいた全員が驚きの声を上げる。

「父さ、……いや、社長。いったいどうされたんですか」

東海林は慌てふためいた様子で立ち上がる。

現在の瑞水の代表取締役社長である東海林兼次の登場に、部屋の中がざわめく。甘利の視線は、圭太に釘付けになっていた。

「なんで社長直々に登場するんだ?」

坊城が低い声で尋ねてくるが、それは甘利が聞きたいことだ。

どうやら雰囲気からすると、オニキス社員のみならず、瑞水側も自社の社長と見知らぬ男の登場理由がわかっていないようだ。

「社長。実は今、オニキスが……」

「わかっているから、とにかく座れ。落ち着きのない」

兼次は息子である兼良を一喝すると、ハンカチを取り出して額の汗を拭う。

「オニキスの皆さん、うちの人間が大変な失礼をしたようで申し訳ありません。詳しい事情は

大体聞いているが、とりあえずこの男の話を聞いてください」

兼次の言った「この男」は、圭太を指している。兼次は用意された椅子に座り、落ち着かないように胸の前で腕組みをする。

そして圭太は堂々と瑞水とオニキスの社員が見つめる中、背筋をぴんと伸ばして立った。そこにいるのは、間違いなく圭太だ。だが、甘利の知っている根岸《ねぎし》圭太とは、何もかもが別人に思えて仕方がない。

「はじめまして。先ほど瑞水飲料株式会社専務取締役に就任いたしました、東海林圭太と申します。今後お見知りおきを願います」

そう自己紹介すると、オニキス側、特に岸に向かって深く頭を下げてから、瑞水側にも頭を下げた。

「専務取締役……東海林？　どういうことですか、これは」

一斉に声が上がる。勝手に喋り始める輩を、兼次は「うるさい」と怒鳴りつける。

「つい先ほど行われました臨時株主総会において、就任いたしました。書類はこちらに。証人は、代表取締役である東海林兼次です」

圭太は手にしていた書類を東海林に見せる。株主総会議事録には、議長である代表取締役他出席取締役の名前が連なり、押印されている。さらに、就任に必要な出席株主も株式数も足りている。

「いったい、誰が、いつこんな総会を開くことを承諾したんですか」

「――会長だ」

諦めの口調でその名前を口にした。

帝王である東海林兼高《かねたか》は、会長という肩書きで現役を退いてはいるものの、現在も瑞水の筆頭株主であり、財界にも圧倒的な影響力を及ぼしている。

「会長がなぜ、こんな子どもみたいな人間を取締役に就任させるんですか。それに、東海林という名前である以上は、会長や社長の縁続きなんですか？」

他の瑞水の社員から、困惑した声が上がる。兼次は困ったように汗を拭き、視線を泳がせている。圭太は一人、眉ひとつ動かさずに状況を見据えている。甘利の目は、そんな圭太に吸い寄せられたままだった。

「社長っ！」

まるで総会屋が参加している株主総会がごとく、会議室は混乱していた。甘利もその例に漏れない。おそらく一番混乱しているのは、甘利と、瑞水の東海林兼良だろう。

「ご静粛に願います」

手が二度打ち鳴らされたあとで、圭太がひとこと声を上げると、しんと静まり返る。

「詳しい事情は私からお話しします。その前に、オニキスの皆さん」

圭太はオニキス側に向き直り、深々と頭を下げた。

「大変見苦しいところをお見せして申し訳ありません。お察しいただけたとは思いますが、このような状態ゆえ、今回の契約更新の件につきまして、弊社の状態が落ち着くまでのご猶予をいただけませんでしょうか。もちろん、こちらの事情ですので、更新日時の期限延長をいたします。長くても一週間はかからないと思いますがいかがでしょうか?」

圭太は自分より遥かに年上の岸に向かって、堂々とした態度で接する。顔には満面の笑みはなく、瞳は鋭く厳しい。

「致し方ありません。了承いたします」

岸は即答する。表情は顔に出ていない。あくまで淡々とした口調で応じる姿を、甘利は呆然と見つめる。

「感謝いたします。とりあえずは来週を目安に、確定次第こちらからご連絡いたしますので、ご都合をお教えください。それから、さらにひとつお願いがございます。今回ご同席いただいているシルフィ・ジャパン・インク様との間で、何かお話をされておいでのようですが、そちらにつきましても、弊社との会合が完全に終了いたしますまでは、何ごとも進められませんよう、よろしくお願い申し上げます」

続く圭太の言葉で、オニキスの社員の間が一瞬ざわつく。しかしすぐ岸の視線で口を噤《つぐ》む。

「何をおっしゃられているかはわかりかねますが、承知いたしました」

「シルフィの真田様はいかがですか?」

「岸氏と同じです」

不意に話を振られても真田はまるで動じたりはせず、冷静沈着な対応をする。

「それでは、本日は……」


エントランスを抜けるまで黙っていたが、迎えの車を待つ間に、坊城が「あいつ、誰だ？」と口火を切った。密やかな問いに、同じように頷きが続く。

「東海林会長の孫だろう」

岸が眉間に皺を寄せてそっと答えを口にする。

「孫？　では、会長の娘の……？」

「おそらく、現社長の隠し子だ」

「ええ？」

ざわめきが漏れる。すぐに黙るように睨まれるが、甘利は声すら上げられなかった。

「そういえば、噂に聞いたことがある。会長の孫が、海外で暮らしているという……あれは本当の話だったのか」

坊城はかつて週刊誌で目にした記事を思い出した。

そして甘利もまた、別の話を思い出していた。

圭太は、自分の父親の実家が山口だと言っていた。そして父親の会社が銀座にあると言っていた。瑞水の会長は山口出身であり、そして瑞水本社は銀座の一等地にあり、隣りにはふぐ料理を出す割烹があった。

ずっと嘘をつき話を誤魔化していた圭太だったが、あの話は真実だった——。

「まだずいぶんと若そうだが」

「俺の記憶が間違いでなければ、大学を卒業するかしないかぐらいじゃないかと思う」

「二十代前半で取締役か？　だが、少なくとも、あの息子よりはまともそうだ」

まるで井戸端会議をする主婦のように、噂話が続く。しかし甘利は一人、その中に入ることができない。たった今目の前で行われた出来事が、現実のものとして捉えられなかった。

「……と、黙れ」

坊城の言葉で、一斉に黙り込み、エントランスから出てくる社員に視線を向ける。

「甘利さん、とおっしゃる方はおいでになりますか？」

先ほど会議室にいた社員はオニキスの一行の前まで来ると、甘利を名指しする。

「は、はい……僕ですが」

甘利は半分惚けた状態で返事をする。

「会議室のほうにお忘れ物があるようです。お手数ですが、確認が必要ですので、もう一度会議室へお戻りいただけますでしょうか？」

何を忘れただろうか。途中から記憶がはっきりしていなくて、甘利は自分でも思い出せなかった。

「何をやってるんだ。待ってるから、行ってこい」

「いえ。皆さんをお待たせしては申し訳ありませんから、先にお帰りください。僕はあとでタクシーで戻ります」

甘利は笑顔を繕い、先に帰るように促す。それから自分を呼びにきた社員のあとに従って瑞水ビルへ戻る。

「こちらのエレベーターで、先ほどの会議室へお向かいください。部屋の中で担当者がご案内いたします」

「お手数をおかけして申し訳ありません」

社員に頭を下げて、脱いだコートとマフラーを手にしたまま、甘利は一人でエレベーターに乗り込む。

奥の壁に背中を預け、最上階まで上っていく数字をぼんやり眺めた。

そして八階に辿り着くと、扉が開くのを待ってフロアに出る。

絨毯の敷きつめられた廊下を歩き、奥の会議室へ向かう。そして扉の前に立ち、ノックする。

「オニキスの甘利と申します。先ほどこちらに荷物を忘れたということでご連絡をいただきまして、取りに参りました」

「どうぞ」

中から聞こえる小さな声に、甘利は重い扉を開いた。

「失礼します」

そして俯いたまま中へ入ると、人の気配を感じて再び頭を下げる。

「お手数をおかけして申し訳ありません。忘れ物を……」

「忘れ物なんてないよ」

言葉を遮って聞こえてくる言葉に、甘利は全身を震わせる。

「堅苦しい挨拶もいいから、顔を上げて」

完全に甘利の体は硬直していた。

視線の先に見える磨かれた黒の革靴が自分のほうへ近寄ってくるのがわかっても、逃げることもできない。

しかし、肩に圭太の指先が触れた瞬間、甘利は全身で彼を拒絶する。

「触るなっ」

圭太の手を振り払い、大きく一歩下がる。

「匡《ただし》。落ち着いてくれ。話をしたくてわざわざ人を使って貴方を呼んだんだから」

「俺には嘘つきと話すことなんてない」

圭太は、甘利の言葉に眉を顰める。

「嘘つき――か」

「違うのか？　名前も素性も何もかも全部嘘だったじゃないか」

甘利の中で、堪えていた怒りが突然に爆発する。

「名前を偽っていたことは認める。でも、つい数ヵ月前まで、俺の名前は根岸圭太だった。望んで東海林の名前になったわけじゃない」

「家の事情なんて俺には関係ない。だが、お前が東海林の人間であること、瑞水の人間であることに間違いはないだろう」

甘利はオニキスの人間だ。瑞水と対立関係を築こうとしている。

「だから、言っただろう。俺は俺だと。瑞水の人間でも東海林の人間でもなくて、ただの圭太で……」

「そんなの、ついてきた嘘の単なる言い逃れだ」

再び伸びてくる手を振り払い、甘利は自分の肩を抱くようにして後ろに下がる。

「誰がロミオで誰がジュリエットだ。ふざけたことをぬかすな。全部嘘を上塗りしてきた自分を肯定しようとしていただけだ。俺がオニキスの人間だと知っていて、ずっと嘲笑っていたんだろう」

「違う。確かに俺は瑞水側の人間で、さらに匡がオニキスの人間だということは知っていた。でも、どうしてそれで嘲笑ったりしなくちゃいけないんだ？」

「黙れ。もう、何も聞きたくない」

甘利は耳を塞《ふさ》いで首を左右に振った。

脳裏には、真田との別れの場面が蘇っていた。

別れなければならない理由は様々あった。真田の妻に関係がばれかかっていたこと、真田の帰国が近づいていたこと。だが、彼が決定的な理由に挙げたのが、対立会社へ引き抜かれることだった。

『ゲーム理論でも言うだろう？　利益が衝突する場合、一方の利益が増せば、相手の利益は減るんだ』

圭太との関係は、簡単に崩れるものではないと思っていた。そう信じていた。

『俺のことを知ったら、好きになるよ』

この言葉さえ嘘だったのか。

「言い訳じゃない。俺が東海林の人間だということを言えなかったのには、理由があるんだ」

常になく圭太の口調は必死だった。眉間に深い皺が寄り、声にも落ち着きがない。

「どんな理由だか、言ってみろ」

しかし、甘利の追及に彼はうな垂れて首を左右に振る。そして「今は言えない」と続ける。

「でも、俺は匡を騙《だま》しているわけじゃない。それはわかってほしい」

「ふざけるな！」

もはや甘利は笑うしかなかった。

情けなくて悔しくて、怒りたいけれども笑いたくなる。

「何が……何がロミオだ。何がジュリエットだ。俺はジュリエットじゃないし、圭太だってロミオじゃない。全部嘘だ。お前の言うことなんて……俺のことを愛しているなんていうのも、嘘に違いない！」

「匡！」

怒鳴った甘利の腕を、今度こそ圭太は自分の手で掴んだ。甘利はそのまま壁まで押しつけられ、彼の体が覆い被さってくる。

抗う間もなく、そのまま半開きの唇を圭太は強引に覆い、舌を口腔内へ差し入れてきた。

「……っ」

甘利は目を見開き、相手の顔を必死に睨みつけ、両手を押し返そうとする。しかし体格の差はいかんともし難く、巧みな舌の動きに口の中を侵され、抵抗する力を根こそぎ奪われそうだった。

目尻に涙が滲む。

圭太が何を考えているのかわからない状態で、キスなんかしたくなかった。

「痛っ」

小さな声を上げて、圭太が自分から離れていく。

唇を手で覆う彼の手の甲に、赤い血の筋ができる。一瞬の隙をついて、甘利は圭太の唇に歯を立てた。甘利の唇にも、微かに鉄の味が残っている。

「愛しているのは本当だ」

「ふざけるな」

聞きたくなかった。

何を言われても何を聞いても、すべてが嘘になってしまう。せめて二人でいた間、圭太が自分に告げた愛の言葉だけは、嘘ではない真実のものだと信じたいのだ。

甘利はコートを抱えたまま、扉を開く。廊下に出た瞬間、前方から歩いてくる男の顔に一瞬足を止める。

「た……甘利、くん」

一重の目の白髪の多い真田がそこに立っていた。彼は戸惑いの表情で、甘利を見つめる。

「匡、待てっ」

しかし追いかけてくる圭太の声に、慌てて男の横を通り抜け、廊下を走る。タイミングよく八階に止まっていたエレベーターに乗り込み、追いかけてくる圭太がくる前に扉を閉める。

数字がだんだんと下がっていくのを見つめながら、甘利は弾む呼吸を必死に落ち着かせようとする。だが、深呼吸をするとかえって息苦しくなり、動悸は激しくなる。膝ががくがく震え、掌は冷たくなり、指先には力が入らなかった。

「……なんだよ、これ」

額に浮かぶ汗を何度も拭ってようやく、エレベーターはロビーに辿り着く。扉が開くと同時にエントランスへ向かって走るが、直後に辿り着いたエレベーターの中から圭太の姿が見える。

「待て、匡っ」

彼の手にはマフラーがあった。

走って逃げたがすぐに追いつかれてしまう。圭太の手に甘利は二の腕を摑まれた。

「……なんだよ」

「いいから」

他に人がいる中、声を荒らげることも手を振り払うこともできない。

圭太は甘利の腕を摑んだまま自動扉の外に出る。冬の陽射しの中で向かい合い、そこで摑んでいた手を放す。

「今は何を言っても駄目なのはわかった。でもとにかくこれを持って帰ってくれ」

圭太もまた呼吸を弾ませながら、甘利の顔を上目遣いに見つめる。

「……ありがとう」

とりあえず礼を言ってマフラーを奪うようにもらうと、ふいと顔を逸らして歩き出す。

「言っておくが、諦めたわけじゃない」

背中に圭太の声が投げられる。甘利はその声に反応しながらも、足を止めはしない。

「俺は匡のこと、愛している。他の言葉は信じられなくても、これだけは信じてほしい」

静かに紡がれる必死な叫びが、風に乗って甘利の耳に届く。

苦しくて切なくて、今にも泣き出したい気持ちになりながら、それをぐっと堪える。

何を信じたらいいのか。何を疑えばいいのか。

自分の中での判断基準がすべて消え失せている。

必死になって形作った何かが、音を立てて崩れた。

崩れ落ちたそれを掌ですくっても、掌には何も残っていない。


「忘れ物は見つかったか?」

俯いたまま歩いていると、本社ビルから少し離れた場所にある植え込みに腰を下ろしていた、トレンチコート姿の坊城が立ち上がる。

「待っていてくださったんですか?」

「急いで戻ってもやることはないからな。あそこに立ってるのは東海林の息子じゃないか。さっき何か話してたみたいだが、顔見知りか?」

坊城の視線を追って、エントランスの前に立つ圭太を見つめる。

「彼もセミナーに参加していたので、その関係でちょっと」

「ああ、そうなのか。ふうん」

セミナー最終日、瑞水の人間が彼を見て慌てていた理由がわかる。おそらく彼は自分の身分を明かすことなく、なんらかの裏道を使ってセミナーに参加していたのだ。それを問いかけた甘利への返事が曖昧だった理由もこれで明らかになる。

嘘で嘘を塗り固めた現実。

「どっか怪我しているのか?」

指摘されて、甘利は自分の袖口を見つめる。確かにそこには、血の痕が残っていた。これはきっと圭太の唇を噛んだとき、何かの拍子についてしまったのだろう。

「あ……いえ、おそらく指先か何かの」

「ならいいが。とりあえず今日は解散で、明日の朝に対策会議を開くことになっている。覚悟しろ。揉めるぞ、明日から」

言われるまでもないことだが、混乱した甘利の頭には、坊城の言葉は入ってこなかった。

7

翌日からのオニキスの戦略事業部は、態勢の建て直しに一苦労だった。というよりは、気持ちの引き締めが最優先事項だった。

誰の口からともなく、疑惑が広がっているのだ。

『誰かが情報をリークした』

オニキスとシルフィとの新規事業は当事者以外に知るはずはないのに、昨日の会議の場所で、東海林《しょうじ》の新取締役は意味深長な発言をしている。

あの場にシルフィの人間が顔を出していたから、という問題ではない。明らかに共同の動きを知り、その上で牽制したのだ。

さらに、真田《さなだ》の参入時期にまで話は遡る。

これまでその存在をオニキス側から指摘されながら、実際ぎりぎりになるまで彼が登場することはなかった。しかしいざ真田がひとたび計画に入れば、シルフィの代表権はほぼ彼に一任されているに等しい。

現在彼の社内での地位は部長らしいが、そこは実力主義のアメリカ資本の会社である。いつなんどき、特進するかはわからない。

真田は表向き落ち着いた雰囲気のある穏やかな表情の男ではあるが、その外見に騙される人間は多い。

以前坊城《ぼうじょう》がぼやいていたように、こと経営経済に関することでは非常に厳しい目を持っている。頭の回転が早いため論理の展開も早く、他の人間よりも一歩も二歩も先を読む力もある。

さらにゼロ思考の持ち主であるため、臨機応変に対処できる。策略家であり、何枚もある舌を自在に使い分ける。

甘利《あまり》も彼とつき合いながら、本当の姿を見抜くことはできなかったように思う。本心がどこにあるのか、いくつもの仮面を自在に使い分けられて、困惑してしまった。

しかしそれが真田の魅力でもあり、怖い部分でもあった。

その真田がシルフィのトップに立ち、オニキスとの共同戦線を張ろうとしているのだから、話はさらにややこしい。

もちろん、オニキス側のトップである常務取締役は、元コンサルティング会社の精鋭であり、真田に負けるとも劣らない頭脳の持ち主だとは聞いている。だが、基本的に甘利たちの前に姿を現しての動きはなく、彼の言葉や作戦は岸《きし》の口を通して聞かされるだけだ。

「予定では一週間後に改めて契約について話し合いをするわけだが、あの東海林の御曹司は他の人間とはわけが違う」

一人の意見に皆が頷く。

「どうやら相当スキップして、あの年でH大のビジネススクールで学んだらしい」

「幼い頃からビジネスについて、会長自らに叩き込まれたという話も聞いている」

瑞水《たんすい》の帝王が、自分の息子や直接の孫よりも、若い圭太を今回会議に送り込んできたことで、入れ込みようもわかるというものだ。

瑞水の現社長はもちろん、オニキスの岸やシルフィの真田といった、自分の父親ほどの相手を前にしてまるで怯《ひる》むどころか、逆に堂々として見えたほどだ。

そこに、彼の自信の度合いがよく表れている。

「こちらの申し出を受け入れるだろうか？」

誰からともなく疑問が生じる。

「一番事情を理解している人間でもあるから、頭ごなしに計画を否定してかかったりすることはないだろう」

「しかし、我が社の企画を根こそぎ瑞水にもっていき、瑞水ブランドで売る計画に転換する可能性がないわけではない」

圭太に対するオニキス側の評価は、完全に二つに分かれていた。

彼ができる人間であることは、あの会議に出席した人間であれば、容易に想像がつく。しかし、彼の首がどこへどう向くか、どういった手段に出るかまでは、誰も知るところではない。

結束を固め、一つの目標に向け、進んでいた戦略事業部だった。しかし、これまでとは違う人間の台頭に、長い間かけてまとめあげたはずの意思や思惑が、てんでんばらばらになり始めている。

「岸部長は、どうお考えですか。また常務は」

「常務には昨日連絡を入れたばかりで、まだ具体的な返事はない。だがとりあえず、我々がこれまでに作成した計画にミスはなく、瑞水がどういう形で出てくるかもまだわからない。そうである以上、様々なシチュエーションを考えるのは構わないが、慌てる必要はないと判断されている」

岸はなぜか、相変わらず焦った様子を見せない。もちろん、必要最低限すべきことは指示するが、そこまでなのだ。

何か策があるのか、それとも下手にここでは動くべきではないと思っているのか、まだ判断できない。

しかしいずれにせよ、敵を知らねば何も先には進まない。

今の段階で話し合っていることはすべて憶測に過ぎず、実際瑞水がどう出てくるかはまだわからない。

「当初よりも予定が一週間程度ずれるのは免れない。日程の問題を頭から立て直し、問題があるようであれば、その都度連絡を入れてほしい」

岸のまとめでそこで一旦話し合いは終了する。しかし、社員の動揺は収まらない。

木曜日になって、外での仕事を終えた甘利は、重い足を引き摺《ず》って、ビル内のテナントの店へ昼食を摂りに入る。

若干早いせいか、まだ中は空いていた。普段は座れない窓際の空席を見つけ、そこに座る。そしてランチメニューから定食を選び、ホットコーヒーを別に注文して先に持ってきてもらうようにした。

「疲れた……」

誰に言うでもなく呟いて、背広のポケットからキャスターマイルドを取り出す。こうして落ち着いた状態で煙草を吸うのは、ものすごく久しぶりのことに思えた。

一服していると、店の入口に坊城の姿を見かける。背の高い彼は背広のポケットに両手を突っ込み、軽く猫背に店内を見回している。

「坊城さん」

名前を呼び軽く手を振ると、彼もまたすぐ甘利に気づき、笑顔で奥へやってくる。

「一人か？」

「ええ。よろしければどうぞ」

甘利はブリーフケースを退けて、席を空ける。坊城とは隣りの席だが、ここ数日、まともに顔も合わせていない気がする。

「済まないな。Aランチとホットを」

やってきた店員にオーダーを済ませ、煙草を銜えてから大きなため息をつく。

「坊城さんが外の店で食事をされるのは、ずいぶん珍しいですね」

社食の定食メニューが気に入っており、たいていはそこで食べているのだ。

「社内がなんだかピリピリしてて、落ち着いて飯が食える状態じゃない。お前は外回りでいいよな。俺も外で両手を思い切り伸ばしたいところだ」

「会議はいかがでしたか？」

珍しい坊城の弱音に、甘利は声を潜めてそっと尋ねる。

瑞水との一件があった直後の会議には出席した。しかし、シルフィの株式市場での動きを調査するため、以前から仕事で関係のある法律事務所のファイナンス部門と、今後について外で会議を重ねている。すべては岸からの指示で、毎日走り回っている。

「どうもこうも……だな」

坊城は眼鏡を外し、眉間を指で摘む。

「瑞水からの連絡が入って、来週明け月曜日に、再び話し合いの場が持たれることになった。それで今回は瑞水側がオニキス本社まで来訪する手はずになっている。そして前回同様、シルフィも同席するらしいんだ」

「また、シルフィが、ですか？」

「今回は筆頭株主の立場としての参加らしい」

先週と同じ状況が待っているわけだが、まるで緊張状態の度合いが異なっている。

新聞紙上で、明らかになってしまった瑞水とオニキスの業務提携解消のニュースが騒ぎ立てられ、株価は低迷したままだ。

シルフィがＴＯＢを本気で狙っているのであれば、今はまさに絶好の機会だ。市場で出回る価格よりも高い額で買い取る方法を呈示すれば、あっと言う間に株は集まるだろう。

だが先日岸が言っていたとおり、今のところ、シルフィはその動きを見せていない。

「ピリピリする気持ちはわかります。瑞水がどう出てくるかそれがわからない状態で、ずっと手をこまねいているのは辛いことですから」

「……お前、気をつけたほうがいい」

坊城は眼鏡をかけ直し、軽く腰を浮かせて甘利に顔を寄せてくる。眉間に皺を寄せ、坊城らしくない低くしゃがれた声を出した。

「何がですか？」

運ばれてきた食事を口に運ぶ手を休め、甘利は首を傾げる。

「内通者がいるかもしれないとずっと言われている話は、知っているだろう」

「真田さんが参加されたぐらいから、聞いています」

「お前が一番怪しいと思われている」

坊城の眼鏡の下の目が鈍く光る。

「……なぜ、ですか」

甘利は思わず手を止める。

「真田さんと東海林圭太《けいた》。どちらに繋がるのもお前だけだからだ」

どきんと、心臓が大きくなった。

「なぜ、東海林とのことが……」

「言っておくが、俺が流した話じゃない」

「わかってます。そうだとしたら、坊城さんは今こうして俺と話をしているわけがない」

坊城ははっきりした男だ。もし不審に思えば直接甘利に聞いてくるだろう。

「ただ、東海林がセミナーに参加していた事実は容易にわかることで、うちからセミナーに参加していたのはお前だけだった。さらに渡米していた時期、お前が真田さんに可愛がられていたことは、周知の事実だ」

「そ、んな」

甘利は言葉を失う。

「真田さんとの関わりは、うちの部署にいる人は皆同じじゃないですか。それに同じセミナーに参加していたにしても、俺はずっと彼が東海林の人間だということを知らずにいました」

先日行われた瑞水の臨時株主総会での取締役就任まで、圭太の存在は瑞水内部でも極秘にされていた。だからセミナーにおいても、東海林の名前を出しているわけがないことは皆わかっているはずなのだ。

しかし、その部分には目を瞑り、蓋然的《がいぜんてき》な部分で甘利を標的にしている。

予測を超えた事態に対するための、まさにスケープゴートだった。

「頭の中で理解している。だがな……そういえば、お前ここのところ、携帯の電源切っているだろう。なんでだ?」

「……あ、の、ちょっと調子が悪くて」

実際は違う。

圭太から連絡が入ることを恐れて、電源を入れられずにいるのだ。同じ理由で家の電話も留守番電話にセットできずにいる。

「連絡がつかないことも、一因だ。まあ……来週になれば、終わることだがな」

「――坊城さんも、俺がリークしていると思っていますか?」

甘利は膝に手を置き、目の前の男を見つめる。彼はちらりと上目遣いに甘利の顔を盗み見てから、すぐ皿に戻す。

「いや」

即答で、否定。

「お前がそんなことのできる器用で面の皮の厚い奴なら、針のむしろになるオニキスに、今いるわけがないだろう?」

「……ありがとうございます」

甘利はほっと息を吐き出す。

一人でも自分を信用している人間がいるとわかれば、強くいられる。

真田とは、彼が今回計画に参加するまで、一切の連絡を取っていない。

圭太と個人的な関係があったことでの後ろめたさはある。だが、彼の前で瑞水やシルフィの仕事の話をしたことはない。さらに、彼に騙された自分は一番の被害者だと思っている。今、坊城に自分に向けられた容疑を聞くまでは。

「……部長は……?」

「安心しろ。岸部長は見る目のある人間だ。そんな噂には耳を貸していない。冷静に判断すれば、真田さんがあの時期に参加したのは、絶好の機会だと彼が踏んだからだということも、誰の目にも明らかだ。さらに東海林が牽制してきたのも、あの場にシルフィの人間が関係もないのに顔を出していれば、なんらかの裏があると思うのは当然だ。はったりをかましてみたところで、どこまで詳細なことを予測しているかはわかったものではない」

「そうですね」

おそらく岸は、この事態を把握していて、その上で甘利に外回りの仕事を回したのだろう。そう思って、自戒の念に駆られる。

今は、重要な時期だ。ずいぶん前から、つけ入られる隙を作らないよう、十分注意すべきだと言われていた。

それを、何も知らない圭太という人間を、不用意に自分のそばに近づけたのは事実なのだ。瑞水の人間である圭太が、甘利のことをオニキスの人間だと知って近づいた可能性もある。自分の口から彼に今回の件について情報を漏らした覚えはないが、頭のいい彼が、甘利の言葉の端々から何かに気づいたかもしれないという可能性は、否定できない。

話を終わらせてから甘利は坊城とともに部署へ戻る。しかし、言われていた通り空気は全体にぴんと張りつめ、甘利に向けられる視線にはかなりの棘《とげ》があった。

だが、それも仕方ないことだ。自分が他の立場なら、自分のような人間を一番に怪しいと思うだろう。

心の中で密かに詫びながら、あえてそれに気づかないふりをして岸に報告を済ませ、自分の仕事をする。

金曜日もまた、同じ状態で一日を過ごす。

それこそ針のむしろだったが、ここで休むわけにもいかない。仕事は山積みで、月曜日には再度瑞水との会合が待っている。

忙しいと、圭太のことを考えずに済む。

三月を目前に控え、気温はこの冬一番の寒さを示す。

仕事を終えて家路につきながら、突き刺すような風に、全身が竦み上がる。

圭太と過ごしたのは、土曜日から金曜日までの時間。彼が自分のそばにいたのとほぼ同じ時間が過ぎた。

思い返せばあっという間の時間だったのだと実感する。けれどとても濃密な時間だった。

部屋の中にはまだ、彼の名残が残っている。置きっぱなしの荷物は、何度か捨てようと思った。けれど彼の匂いから蘇る感覚に堪えられず、荷物を置いた部屋に入ることもない。

女々しすぎる自分に嫌気がさしている。

かつて真田との関係が終わったときよりは数段マシだが、自分を裏切った相手と顔を合わせねばならない辛さはある。

『俺のことを知ったら、好きになるよ』

記憶に残っている、わずかな彼の言葉。

ベッドにも彼の匂いが残っているせいで、甘利はたいていソファで横になっていた。熟睡できるわけもないが、どれだけ疲れていても眠くないため、ほとんど気にならなかった。

二度と傷つきたくなくて、人に関心を持たないようにしていたはずだった。それなのに、圭太には心を許し、そしてその心をごっそり持っていかれてしまった。

哀しみも寂しさも、生まれてこない。

でも心の隙間に、圭太を愛した欠片《かけら》が残っている。

その欠片を未練がましく拾い集めながら、彼のことを考えずに済む日が訪れることを待っている。

月曜日は、朝から空は灰色の厚い雲に覆われ、いつ雨が降り出してもおかしくないような天候だった。

オニキス内部には、大人数を収容できるだけの会議室がないため、ビル内にある大会議室を借り、そこに必要な書類やその他をすべて集め、午後一時から始まる会議に備えた。

先週の段階には他の仕事の都合で国外へ出ていた常務も顔を見せ、さらに緊張は増していく。

朝から社内を走り回っている甘利の目の下には、濃い隈《くま》ができていた。疲労と緊張はピークに達し、立っているのが精いっぱいだった。

「ちゃんと食べているのか？」

それでも、気にして声をかけてくれる坊城に、なんとか笑顔で応じる。

「食べてます。若いだけが取り得だから、平気です」

しかし、気を抜くと足がもつれ、軽い貧血が続いている。

甘利を内通者であると決めつけた目に見られることは、想像していたよりきつかった。今日ですべての疑いは晴れるはずだと信じていても、気丈に振る舞っていなければ、今にもこの場を逃げ出したいところだった。

午後一時ちょうどに、瑞水の人間、十五人、シルフィより五人、オニキスより、常務を含めた二十一人の総勢四十一人が集まる。

緊迫した空気の中、先週の会議の続きが始まる。

圭太は先週よりさらに瑞水の代表然とした様子で、姿を現した。

短く切り揃えた髪を整髪料でセットし、きっちりネクタイを締め、しっかりした体格に似合う背広を着用している。まさに一分の隙もない。真っ直ぐに伸びた背筋が、彼を実際よりも大きく見せている。

「まず最初に、我が社より」

会釈をしてから圭太が立ち上がる。

圭太の声は、実によく通る。張りがあり滑舌がよいため、非常に耳通りがいい。

圭太は、まず先週の非礼について詫びた。当然のことながら、東海林兼良の姿はこの場にはない。降格処分があったという噂は事実なのだろう。

「さらに業務提携解消の件につきましては、提出いただきました資料その他を社内で検討し、取締役会において承認させていただきました」

その言葉に、オニキス側から拍手が起きる。一瞬だが、張りつめた空気が緩む。

「その上で、さらに我が社より提案をさせていただきます」

しかし、そこで話は終わらなかった。

圭太は拍手が終わるのを待って、話題を変える。

オニキス側としてはある程度予想していた交換条件の提示だろうかと、息を呑んで続く言葉を待つ。

「御社が企画している、新しい微炭酸飲料についての資料を拝見いたしました。従来の清涼飲料水の販売ルートではなく、主に酒類販売店やバーを中心に販売し、アルコールの飲めない大人をターゲットにするというコンセプトもですが、なかなか興味深いと思います。この企画書もまた非常にわかりやすく、御社が何を目標としているのかもよくわかります。確かにターゲットを考えれば、我が社のもつ販売ルートでは補いきれるものではありませんし、新規開発としての狙い目はすばらしいと思います」

彼の言葉を聞きながら、企画書はラブレターなのだと言った圭太の言葉が蘇る。

「しかし、いくつか問題があるようですね」

あっさり話が進むわけもない。続く圭太の言葉を、誰もがじっと待つ。

「失礼ながら御社のみの販売力では、目的数を達成することは不可能ではないかと解しますがいかがでしょうか」

それぞれが顔を見合わせ、現在岸の下で、販売ルートの分野において、シルフィと細かい部分で打ち合わせを行っている担当者が頷いた。

「そこについてはご心配いただかずとも、我が社で十分な計画をしております」

「今回ご参加いただいているシルフィ・ジャパン・インクさんとでしょうか?」

予《あらかじ》め答えがわかっていたかのように、圭太は書類に目を落としたまま返してくる。圭太がシルフィとオニキスの提携に気づいていないわけもない。だから、彼の言葉でオニキスに動揺は走らなかった。

甘利は微かに視線を落とし、膝の上で汗の浮かぶ掌をぎゅっと握り締める。

「詳細部分は社外秘ですので、相応の会社と、とお答えしておきます」

「最近シルフィさんは、低迷したオニキスさんの株の買い占めに入っているということですが、それについてはいかがお考えですか?」

「五パーセント・ルールの話でしたら……」

「その話とはまた別にです。ご存知ありませんか? こちらのほうでは、個人名でオニキス株の大量購入を予定している人物が、シルフィの関係者だと、確認できているのですが。シルフィさんは、いかがですか?」

シルフィが最終的にオニキスの株の買い占めに入ることは、危惧されていた。答えを求められた真田は、「ご心配はありません」と答える。

「心配ないとは、どういうことでしょうか?」

オニキス側から強い口調で質問する。

「言葉の通りです。当初社内にそのような動きを見せる一派が存在していたのは事実ですが、TOBの準備をした段階で、予定は取りやめたはずです。今頃アメリカ本社で行われている役員会で、すべては解決していると思われます。ですから、現在我が社の所有するオニキス社の株式は、財務省に報告済みの五パーセント分に限っております」

真田はあっさりとその事実を認めた上で、結論を口にする。甘利は今の真田の言葉が、何を意味しているか、一瞬理解できなかった。

「非常にオニキスさんは、危ない橋を渡られていたということです。真田氏が動かなければ、どうなっていたか」

水面下どころではなく、シルフィは確実にオニキスの息の根を止める準備を整えていた。完全に事情を把握できないオニキスの社員とは反対で、圭太は満面の笑みを浮かべている。

甘利は彼のその笑みを目にして、胸の痛みを覚えた。

「話を元に戻します。シルフィさんとのジョイントベンチャーにおける製品開発や販売、宣伝方法について、とても面白いと思いました。大人のための微炭酸飲料水、そして子どもに向けた清涼飲料水。具体的な対象がはっきりしており、マーケティングも十分だとは思います。ですが、このままでは、せっかくの企画も途中で倒れかねないと思い、新しい提案をさせていただこうと思っております」

「東海林取締役?」

圭太の発言に、瑞水の社員が驚きの声を上げる。

「私だけの企画ではなく、各社代表者との間でつめたものだということを先にお知らせしておきます。まずは、資料をお配りしますので、ご覧ください」

「どういうことだ?」

三社の人間の間で、ざわざわ声が漏れてくる。圭太の発言に合わせるように、真田、さらにオニキスの常務、岸の四人が立ち上がる。

『オニキス社新製品に関するジョイントベンチャー計画（案）。瑞水・オニキス・シルフィ三社の共同出資による新規会社設立（案）について』

配られた資料の一ページ目には、こう記されている。

「これはどういうことですか」

坊城がいち早く声を上げる。

「同業他社という垣根を越えたところで、新しい商品を消費者にアピールしていこうという目的で企画した案です。三社によるジョイントベンチャーを設立し、三社三様の長所を利用し、顧客のニーズに応えていく。販売する新製品については、すでに頂いた資料の微炭酸飲料を基本に、新規開発を進めたいと思います。先ほどの資料において弱い分野は、瑞水が得意としている分野です。この企画が成功すれば、飲料業界のシェアは、大幅に変わるでしょう。ですが、各社相互の厄介な問題が山積みでしたので、表向きの計画と同時に、本来の目的を達するために動いていました。なお、各社上層部の間から、承諾は頂いております」

まさに、寝耳に水。

狐につままれたような展開に、企画者以外が呆然と話を聞いていた。

岸を除く三名は、アメリカ在住時代にこの企画の基礎をすでに練り、準備していたのだという。実現までには、三年の時間が過ぎている。

つまり、話が最初に持ち上がった当時、圭太はまだ未成年だった。その頃から、瑞水の今後を担う莫大なプロジェクトの首謀者として、常務、そして真田とともに動いていたということになる。

渡された企画書は、すべての分野について網羅されていた。まさに、完璧なラブレターがここにできあがっている。

「今後、三社において、この計画についての会議や打ち合わせを重ね、年内に新会社設立を目標に動いていきたいと思います」

　さらに生産ラインや販売ルート、広告宣伝についても、協議を重ねる。

「なお、この計画については、明日経済系や産業新聞等で発表されます。今後我々は、同じ目的に向かって動くことになります。よろしくお願いします」

　まさに完璧なシナリオに、誰も文句は言えない。

　会議に参加していた人間が握手をして終わらせる。

　圭太は何もないように、甘利にも当然のように手を伸ばしてくる。

　甘利は一瞬躊躇した。けれど、誰にでも向ける笑顔に激しい嫌悪を抱きながら、甘利は奥歯を噛み締めて握手をした。指先が触れた手の甲が、火傷しそうに熱かった。


　結果的に、情報をリークしていたのは、部署トップの人間だった。関係三社のトップの人間が内通しているのであれば、事情が周囲に漏れるのは当たり前だ。

　オニキス本社の部屋に戻ってから、大きなため息が続く。

「君にはいやな思いをさせてしまって申し訳なかった」

　岸は最初に甘利に頭を下げた。

「岸さんは、最初からご存知だったんですか？」

「まあ、そうだね。だが企画の大半は三人で行ったようだ。私が話を聞いたのは、外枠ができあがってからだから、比較的最近の話だ。かなりあとだ。常務から計画を聞いたときには、どうしようかと思った口だ」

仕事の都合上、日本に不在がちな常務のサポート役として、岸には早いうちに事情が明かされていた。

「せめて少しでも教えてくださっていれば、対処しようがあったものを」

誰からともなく文句が零れる。

「敵を欺くためにはまず味方だ」

実際、まずオニキスと瑞水との間にある業務提携を解消しなければ、話は進まなかったのだ。オニキスの古いタイプの上層部の人間を説得し、その説得のためには、シルフィという力が必須だった。

しかし、シルフィ内部でも様々な意見があり、ジョイントベンチャーではなくM&Aを目論んでいた一派が、独自に株の買い占めに動き始めた。それを抑えるため、真田は、実際は行わないTOBの話を持ちかけたのだ。

今回の件は、幾重にも事情が絡み合い、非常に複雑な問題があった。

ひと通りの話を終えたあと、自分の机でぼうっとしている甘利の元に、何人かの人間が、わざわざ頭を下げにきた。

面と向かっては言わなかったが、甘利を内通者に仕立てていた人間らしいことを、横から坊城がそっと教えてくれる。

「謝られることは何も……」

「謝れば彼らの気が済むだけだ。勝手に頭を下げさせておけばいい」

その助言に従って、ただ話を流した。

気が抜けたせいか、急激な疲れが甘利を襲ってくる。頭は思考能力を失い、食事をまともに摂っていない体はだるくて仕方がない。

『甘利さん。お客様です』

早退しようかと考えていたところに、電話で、来客が告げられる。

相手の名前を聞いた瞬間、甘利の全身が震えた。

8

「……真田《さなだ》さん」

甘利《あまり》を訪れてきたのは、今回の立役者の一人でもある真田だった。応接室で待つ彼の元へ、動揺しながらも甘利は向かった。

「突然に押しかけて申し訳ない。仕事の邪魔をしていないかな?」

「いえ、大丈夫です」

ソファに腰を下ろしていた真田はすっくと立ち上がり、甘利の手を握り締めてから座るように促した。

広い応接室に二人、向かい合わせに座る。甘利はどこを見たらいいのかわからず、膝の上に両手を乗せ、絨毯に視線を落とした。

「こうして二人だけで話をするのは、二年ぶりだね。少し痩《や》せたようだが、きちんと食事をしているのか? 君はもともと食が細いのだから、時間がなくてもきっちり三度食事を摂らないと駄目だよ」

真田は、二年前と変わらぬ、穏やかな笑みを浮かべた。

靴は相変わらずきっちり磨かれている。

百八十センチに若干欠ける程度の長身で、傍目からでもわかる上質のスーツに包まれた体は、全体的に引き締まっている。

出会った二年前からすでに、真田の髪には白いものが混ざっていた。そのため、実際の年齢よりも上に見られがちだったらしい。けれど仕事上、若く見られるよりも効果的だと笑っていた。幼く見える甘利には、それが羨《うらや》ましかった。

甘利は少しずつ、視線を上へ向けていく。

再会した直後にも思ったが、皺が増えたようだ。真田もまた、全体的に痩せたように思う。

二人の間に流れた二年の月日は、思っていた以上に長いのかもしれない。

「……お元気で、いらっしゃいましたか」

甘利はやっとの思いで言葉を絞り出す。

「おかげさまでね。君もよくやっているらしいね。岸くんからよく名前を聞いて、誇らしく思っていた」

別に真田に誇らしく思われる筋合いはない。喉まで言葉は出かかったが、男の見せる屈託のない笑みに、胸の小さな古傷が痛んだ。

けれど、真田と一対一で対峙《たいじ》しても、思っていたより辛く感じられない。

「奥様やお嬢さんも一緒に帰国されていらっしゃるんですか?」

甘利はぼんやり頭に浮かぶ質問を口にする。それに対し、真田は少し困ったように肩を揺らして「実はね」と言う。

「別れたんだよ」

「――いつ、ですか」

信じられない言葉に、甘利は耳を疑う。

「帰国した直後だ。彼女は向こうの生活のほうが合っていたらしい。今はアメリカの実業家と再婚して幸せにやっているようだ」

ということは、甘利と別れたのと同じ時期ではないか。

真田の妻に自分とのことがばれかかったとき、真田は妻を取った。シルフィからの引き抜きもあり、自分の前から消えたはずではなかったか。甘利は過去の記憶を必死になって引っ張り出して当時を思い出そうとする。

あれは夢ではなかったはずだ。思い違いでもないはずだ。

「そんな目をしないでくれないか。君を傷つけたことへの罪は、痛感しているつもりだ」

真田は顎をしゃくって頭を下げた。

「妻に君とのことがばれたのは事実だ。だがそれは、彼女と別れる理由のひとつに過ぎなかった。ずいぶん前から、二人の間は冷えきっていた」

「だったら、どうして……っ」

咄嗟に頭に血が上って、甘利は腰を上げかける。しかし、自分を見つめる静かな瞳に、甘利は我に返る。

「どうして、別れたんですか」

怒鳴りたい気持ちを堪え、苦しい声で告げる。

「怖かったんだろうね、正直になることが」

真田は悲しくなるほど、穏やかな笑みを浮かべている。彼の瞳が見つめているのは、戻ることのできない、遠い過去だ。

「何がですか」

「君との関係に夢中になることが、と言ったら、少女じみているかもしれない」

真田は自分の台詞に照れたように苦笑する。

「あのときの自分を君は覚えているか？　視野が狭くなり、世界の中心が何かもわからなかっただろう？　私はそんな君の若さに憧れながらも、恐れていた。自分を取り繕って生きることに慣れきった大人には、眩しすぎたんだろう」

真田が何を言わんとしているのか、甘利には半分ぐらいしか理解できない。しかし、彼がなぜ自分を捨てたのか、その原因を聞かねばならない理由も見当たらない。

かつて愛した。そして終わった。また戻る関係ではない。彼の姿を見て、彼の言葉を聞いて、甘利はそれを実感する。

彼を二年ぶりに目にしたあのときには、背筋がぞっとするような感覚を覚えた。けれど二人で今こうして対峙していても、微かな古傷の痛みを覚えるだけだった。

拘っていたのは自分の気持ちの上でだけで、真田への想いのほとんどをすでに忘れかけていたことに、たった今気づいた。

『思い出は綺麗な形で残しておくほうだろう？　辛い思い出でも大切に保存して、あの頃はこうだったと思うんじゃないの？』

圭太の指摘した言葉の意味が、今、理解できる。

「根岸《ねぎし》、いや、東海林《しょうじ》圭太《けいた》は……君のことをとても大切に想っている。知ってるかな」

微かに俯いて真田と視線が合うのを逸らしていたが、その言葉に顔を上げる。

「私は、彼が五歳の頃から知っている。瑞水《たんすい》の帝王である東海林兼高《かねたか》の孫として生まれながら、表には出られない存在だった彼は、幼い頃から大半をアメリカで過ごしていた。当時はまだ瑞水とオニキスの関係は濃厚だった。東海林氏の意向もあって、私は数多くいる圭太の教育係の一人として、十七歳まで彼に経営論を教えた」

圭太と経営について論じるたび、真田の言葉がダブった理由が納得できる。圭太は経営の基本を、真田に教わったのだから。

「そして君との関係が終わったあとで、再び成長した彼に再会した。そのときに私は君の話をしたことがある。なぜか知らないが、とても彼は君に興味を持っていた。いつか会えるだろう。

ていたようだ」

話をしてみたら、きっと君に興味を持つだろう。そして君にも興味を持ってもらいたいと思っ

『俺のことを知ったら、きっと好きになるよ』

この言葉はきっと、彼自身にも向けられていた言葉なのだろう。

なぜ圭太は、自分に興味をもったのだろうか。真田という男に惹かれ、そして振られた情けない男が不思議だったのか。

「私が思うに、彼は幼い頃から祖父の跡を継ぐべき存在として、こうあるべきとして育てられた人間だった。だから、君のように純粋に人を好きになることのできる人間が、不思議で、そして羨ましかったのだろう」

『さっきの、父親をどう思っているかという話。俺は、本当の意味での父親を知らない。だから、答えようがない』

不意に圭太の言葉が蘇る。

甘利の知っている圭太は、満面の笑顔を見せる青年だった。

天の邪鬼な反応ばかりを見せる自分とは違い、彼は素直で明るかった。

「今回のことで君を傷つけたと言っていた。詳しい事情は知らない。それよりも前に、君と圭太との間で何があったかも知らない。だが、彼が君に偽っていたことがあることだけは明らかだ。それは決して彼の本意ではなかった。君を欺くつもりもなかった。君に対しては本心でつ

き合っていたと、彼から聞いたわずかな話から、私はそう推測している」

真田はそこで一度言葉を切る。

「実は今回のプロジェクトを明らかにする日は、本来であればもう数日先の予定だったんだ。それをあの日にしたのは、君がオニキス内部で、内通者として疑われているという話を岸くんから聞いたためだ」

「どうしてですか」

「その理由は、君が一番よく知っているのではないかな」

真田は答えを甘利自身に見つけ出させる。

今回のプロジェクトの真相が明らかになったとき、甘利は圭太が自分に対して、なぜ素性はもちろん、その他様々なことを口にしなかったのかを知った。

岸がオニキス社員に言った『敵を欺くためにはまず味方から』という言葉が蘇る。

圭太の言う通り、二人の距離が近づいていく過程において、肩書きや経歴などは不要だった。

圭太のことが圭太だから好きになった。

あのときは、その言葉の意味をわかっていたつもりだった。

けれど、突然目の前に突きつけられた驚愕《きょうがく》とも思える事実に、完全に混乱してしまった。

だから瑞水の会議室で再会したとき、何をどうすればいいのかわからなかった。

頭の中には、裏切られたという気持ちしかなかった。自分の知らない圭太の姿に激しく動揺した。

『だから、言っただろう。俺は俺だと。瑞水の人間でも東海林の人間でもなくて、ただの圭太で……』

必死な形相で告げられた言葉が、甘利の耳に残っている。

「とにかく、彼の話を聞いてあげてほしい。圭太の周りには、我々かそれより上の人間しかいない。君のような年齢の近い相手に心を許したのは、きっと初めてなんだ。勝手だろうと思う。だがこれは……彼の父親代わりからの頼みだ」

深く頭を下げられても、甘利にはそれに対して答えるべき言葉がない。

父親が好きか嫌いかと尋ねたときに聞いた彼の返事の意味が、今になって理解できる。彼がどんな気持ちで打ち明けてくれたのか、それを真剣に考えたことはなかった。

五歳の頃から先行きを決められていた彼が、髪を茶色に染めピアスを開けていたのは『自分への抵抗』だった。

自分が進むべき道への諦めはついていたのか。覚悟ができていたのか。それとも、諦めている自分への抵抗だったのか。

彼がいつ何をどう考えていたのか、知りたくて仕方がない。

けれど自分には、彼に会う資格がない。

圭太に傷つけられたつもりで、実は甘利が彼を傷つけていた。

愛していた相手に拒絶されることの辛さを誰よりも知っていながら、それと同じことを圭太にしてしまったのだ。

彼は常に本心を自分に明らかにしてくれていたのに。少なくとも、彼の甘利への気持ちに嘘はなかったというのに。

「ひとつ、お伺いしたことがあります」

「なんだね」

うな垂れた甘利に頭を下げ、無言のまま応接室を出ていこうとする背中を引きとめる。

「以前、真田さんは恋愛を、利益衝突の度合いに分けるゲームで考えた場合、ゼロサム・ゲームだとおっしゃったのを覚えていますか」

「ああ、覚えている」

真田は頷いた。

「今もそう思っていらっしゃいますか」

膝の上で堅く拳を握り締め、甘利は真っ直ぐに真田の顔を見つめる。

「恋愛は、常に同じものではない。相手やその時期、状況によって左右される。君と私のあの当時の恋愛は、ゼロサム・ゲームだと私は思っていた。だが、君が今誰かと恋愛しているのだとしたら、それは私としていた恋愛とは明らかに違う。場合によっては、ゼロサム・ゲームだったものが、なんらかの変化によりプラスサム・ゲームになり得るかもしれない。恋愛もビジネスと同じだ。事業が異なれば戦略も異なるんだよ」

真田は含みを込めた言葉を口にすると、静かに甘利の前から姿を消した。


仕事を終え、自宅の最寄りの駅を出ると、外は雪になっていた。

木々や人家の屋根は、うっすらと雪化粧が施されている。

気温は下がり、吐く息は真っ白になる。

「積もるかな……」

手袋のない手は冷え、指先は真っ赤になっている。かじかむそれをコートのポケットに突っ込み、駅からの道をとぼとぼ歩いた。

この間見た雪は、圭太とベランダ越しに会った夜だった。泡のように消えてしまう雪が、圭太の笑顔に重なった。

掌に落ちた雪が、小さな結晶を見せて溶ける。すぐに消えるからこそ雪は綺麗なのだと言う甘利に対して、圭太は「刹那的」だと称した。

真田との思い出は、綺麗な形で封印した。

けれど圭太は違う。

彼とのことは、まだ思い出にしたくない。傷つけたかもしれない。もう会う資格はないかもしれないと思いながら、自分がまだ何もしていない事実に気づく。

携帯電話は切ったまま。

自宅の電話にも出ていない。部屋に残された彼の荷物からすら目を逸らしている。

「勇気を出そう」

真田とのときのように、別れを告げられたわけではない。

甘利はまだ、自分の気持ちを圭太に告げたことすらなかった。それこそ一番最初の夜、彼という人間に興味をもってセックスしたとき以降、甘利はずっと素直ではなかった。

傷つきやすく繊細な本質を見抜かれて、それが悔しかったせいかもしれない。

虚勢を張って意地を張り、本心とは別の答えばかりした。

あの夜、愛してると何度も圭太は告白してくれたのに、自分は一言も言えなかった。

甘利はコートのポケットに入れっぱなしになっている携帯を取り出して、何日ぶりかで電源を入れる。そしてメモリーの八十番を探す、が。

「嘘、だろう?」

何も登録されていない。

もう一度確認するが同じであった。他の番号は残っているのに、なぜ圭太の番号だけないのだろう。

考えて、思い出す。

　圭太が東海林の人間だとわかったとき、混乱して、登録番号を消去したのだ。あの時は、何も考えられなかった。圭太に関するものがすべて、我慢できなかったのだ。

「でも、着信記録に残っているかもしれない」

　雪が降る中、必死に街灯の灯りを頼りに記録を探す。けれど、電源を切る前後、仕事で何かと電話を使う機会が多かったせいか、すでに圭太からかかってきた記録や、自分がかけた記録は消えていた。

　なんてばかなのかと、自分の愚かさを悔いても仕方ない。

　急いで部屋の中に入ると、圭太の鞄の中を探す。けれど、やはり携帯電話の番号がわかるようなものはどこにも残されていなかった。

　おそらく真田なら知っているだろう。けれど、真田の番号を知らないことに気づく。会社に行けば岸あたりが知っているだろうし、シルフィにかけて連絡を取れば済む。

　だが、明日まで我慢できない。

「……圭太」

　彼の匂いがわずかに残るシャツを、甘利は腕の中にしっかりと抱き締める。

「会いたい。圭太、会いたいよ」

　彼の名前を口にするだけで、胸が張り裂けそうに痛い。

　自分が彼に言ったことを許してもらえるのであれば、会って話をしたい。声が聞きたい。

それからキスをして、セックスをして、最後にまだ告げたことのない「愛している」という自分の気持ちを伝えたい。

会いたいと強く願えば、相手に伝わればいいのに——。

突然、持っていた携帯が鳴り出す。

まるで甘利の願いを聞き届けてくれたように。

「……誰？」

甘利は恐る恐る、表示を確認する。しかし、そこには番号しか出ていない。記憶していないから、これが圭太の番号かどうかわからなかった。

でも、圭太であってほしい。

心の底から強くそう願いながら、甘利は必死な気持ちで電話に出る。神様がいるなら、助けてほしい。今の自分の願いを叶えてほしい。

「もしもし」

『……よかった』

一瞬の間。それから続く喜びの声。信じていたけれど、願っていたけれど、甘利は自分の耳を疑った。

『やっと、繋がった』

高からず低からず。通るこの声を、甘利はよく知っていた。明るくて元気で、聞いているだけで元気になれる声だ。

嘘ではない。待っていた男の声だ。

「——圭、太？」

『この間からずっとかけていたのに、繋がらなかった。番号が変わったのかと思って不安になっていた』

かつてと変わらない。

圭太だ。圭太の声だ。

甘利は感極まりながら、受話器を強く握り締める。

『今、どこにいる？　家？』

「そう、だけど。何か」

嬉しいのに、素直に自分の気持ちを表せない。言葉が上手く出てこない。溢れる想いが、胸をいっぱいにしている。

『荷物をずっと預けていたから、取りに行こうと思っていた。置きっぱなしだと、迷惑だろうし……』

電話に出てすぐは明るかった声が、甘利の応対の冷たさのためか、どんどん沈んでくる。

『俺は……匡《ただし》を沢山傷つけた。だから、今さら合わせる顔も立場もない。わかってるんだ。だから、もしまだ置いていてくれているのであれば、荷物を取ったらすぐに帰る。顔を見たくないというなら、その間、ずっとどこかに行っていてくれてもいい。だから、一瞬だけ行ってもいいかな?』

傷ついているのは誰よりも圭太だろうに、甘利のことを気遣った優しい言葉が、電話を通して聞こえてくる。

圭太が謝る必要はない。謝るべきは自分だ。

心と頭の中で言葉は巡る。けれど、胸が苦しくて、どうしても声にならない。

「……圭太」

その大切な名前を口にするだけで、涙が浮かんだ。こうしてまた、彼の名前を呼べることが嬉しくて仕方ない。

『返事をしたくないぐらいに、怒ってる?』

違う。違うのだ。甘利の心の叫びは、声にならない。

『──わかった。荷物はそのまま捨ててくれていい。もう二度と電話しない。仕事で顔を合わせても私事では声をかけない。だから……ごめん。でも、最後にもう一度だけ伝えておく』

ひどく投げやりな言葉が続けられる。傷ついた彼の表情が瞼の裏に蘇って、胸が張り裂けそうに痛い。

圭太は、今、どこにいるのだろうか。

『聞きたくない言葉かもしれない。嘘つきな男の言葉なんか信じられないかもしれない。でも……愛してる。俺は匡のことを、根岸圭太という人間として本当に愛してる』

「——圭太っ！」

このまま電話を切られたら終わってしまう。その前に絶対、言わなくてはならない。やっとの想いで、甘利は声を上げる。でも、彼の名前以外、言葉にならない。

「圭太……圭太、圭太」

『泣いてる？』

吐息の混ざった声が心配そうな響きを含む。甘利はぐっと溢れる嗚咽《おえつ》を堪え、電話をもう一度強く握り締めてから、大きく息を吸った。今想いを告げなかったら、いつ伝えられるというのか。

「会いたい……」

語尾が震える。指が震える。奥歯ががちがち音を立て、全身が震え出す。

「会いたい。圭太、会いたい。会って話がしたい。今、どこにいる？　俺のことを許してくれるなら、すぐに……会いたい」

寒いからではない。

「荷物、まだある。捨ててなんていない。でも取りにくるのは嫌だ。返さない。あれはずっと預かってる。返してほしければ、会いにこないと駄目だ」

矛盾したことを並べているが、甘利は必死だった。

格好悪くても子どもっぽくても恥ずかしくても、圭太に会えるならなんでもできる。すべてのプライドを捨てて、彼を追いかけたい。

『……匡を傷つけたのに？』

「俺も、圭太を傷つけた」

『……嘘を言ったのに？』

「圭太は何も嘘をついていない。俺が勝手にそう解釈しただけだ」

『――東海林の人間だということを黙っていたのに？』

圭太にとっても、そして甘利にとっても、今回の根っこにあるその秘密。

初めてその事実を知ったときには、ショックだった。何もかも裏切られたと思った。何も知らずにいる自分を圭太が嘲笑っていたのかもしれないと、思った。

でも、違う。そんなことは、どうでもいいことなのだ。

「ロミオはロミオだと言ったのは、圭太だ」

あのときの彼の言葉の意味が、今なら理解できる。彼は本当にロミオだったのだ。

「俺は、圭太が圭太だから好きになった。圭太もそう言ったはずだ。それなのに、今は違うのだろうか？」

肯定されたらどうしようかと、心臓が大きく鼓動する。彼を傷つけた自分。圭太に呆れられていても仕方ない。そう思いながらも、望みは捨てられない。圭太を想う気持ちは譲れない。

『ねえ、匡。今、外は雪が降ってる？』

「天気なんてどうでもいい。今は人が質問している……」

そこまで言いかけて、甘利の頭でその台詞が被る。

『窓の外、見てみて。積もってない？』

同じだ、あのときと。

甘利は携帯を握り締めたまま、急いで居間の前のカーテンを開き、窓を開けて、裸足のままベランダへ飛び出る。

「圭太！」

大きな声で、まだ見えない相手を呼ぶ。

そして、街灯の下で白い地面の上に立つ一人の男を見つける。

照明のせいか髪は明るく照らされ、濃い茶色のダッフルコートに足元はジーンズだった。手と首にはシルバーのアクセサリーが見える。

彼は口の前に人差し指を立て、泣き笑いの表情を浮かべる。

『遅い時間だから、駄目だよ、大きな声を出したら』

そんなところまで、この間と同じ台詞が繰り返される。

「すぐそこに行く。だから、待ってろ。絶対」

甘利は早口に言うと、携帯の電源を入れたまま、今度は玄関に向かって走る。

サンダルに足を突っ込み、鍵をかけずに外へ出る。階段を一息に下り、彼のいた場所へ走る。鼓動が速くなる。蘇るのは、あの日の夜のこと。

必死に走ったのに、彼はすでにいなかった。追いかけて追いかけたのに、会えなかった。胸が苦しかった。

「――圭太っ」

「ずいぶん早いや。走ってきた?」

強い願いを込めて叫んだ甘利の声に応えた圭太は、ポケットに両手を突っ込んでいた。寒いせいか微かに肩を竦め、上から見た場所と同じ場所に立っていた。

消えてしまわなかった。雪の結晶のように、掌の上に落ちてきた瞬間に、消えてなくなったりはせず、今もそこに立っていた。

溢れる想いに堪えられず、甘利は走って彼に飛びついた。

「圭太」

甘利は他の言葉を忘れたかのように、彼の名前だけを何度も繰り返している。

暖かいと思っていた体は、ひどく冷えていた。髪はしっとりと濡れ、コートも染みができるぐらいに濡れていた。

「いつから――ここにいた?」

「電話をかける少し前、かな」

見上げた先にある圭太は、かつてと変わらぬ笑みを見せる。

圭太は嘘つきだ。嘘はついていないと言いながら、幸せな嘘ばかりつくのだ。

ずっと待っていたと言ったら、甘利が心配するから。

これだけ濡れるためには、生半可な時間立っていたわけではない。

甘利の肩に遠慮がちにそっと回される腕も、小刻みに震えている。

「……夢を見ているみたいだ」

圭太は笑ったまま、歌うように言う。熱い吐息が肩を擽る。

「なんで」

「こうして、匡がもう一度俺の腕の中にいるなんて、信じられない……」

甘えるように、頰を甘利の額に擦りつけてくる。体は冷えているのに、顔は燃えるように熱かった。

「熱があるんじゃ……」

「匡のそばにいるときは、いつも燃え滾《たぎ》ってるから」

「そういうことを言っているんじゃない」

甘利は慌てて圭太の首に手をやる。冷え切った手に触れられて、圭太は全身を震わせた。

「ひどい熱だ。すぐに病院に行こう」

「嫌だ」

しかし、圭太は首を左右に振る。

「せっかく匡に会えたのに、病院なんて行きたくない」

子どもが駄々をこねるように強情に言い張られて、甘利は早々に諦め、とりあえず部屋に連れて帰る。

濡れたコートを脱がすと、下に着たセーターまで湿っていた。

「寒い？」

気づくと彼は、自分の体を抱き締めるようにして、全身を震わせている。

「圭太」

横から肩に手をやって顔を覗き込むと、圭太は苦しそうなくせに笑ってみせる。

「匡に言わなくてはならないことがたくさんあるんだ」

喉が微かに掠れている。

喋るのも辛そうだ。

「話はまた今度でいいから、とにかく薬を飲んで寝たほうがいい。すぐにベッドに……」

その場にしゃがみ込んだ圭太は、甘利の足を摑んでいた。

「立っているのも辛いのか」

心配して同じように腰を屈めた甘利の体に、覆い被さるように圭太がのしかかってくる。

「け、いた」

両手を左右にそれぞれ開いた状態で上から押しつける。

「夢を見ているわけじゃないんだよね?」

熱のせいで潤んだ瞳が、甘利の顔をじっと見つめる。

「夢じゃない」

甘利は自分にも言い聞かせるように、その言葉を口にする。

「俺は圭太を愛してる。それから圭太も俺を愛してる。そうだろう?」

熱のせいで、どこか頼りなげで幼く見える圭太。甘えてくる彼の態度に、これまでと違う立場が、甘利を素直にさせる。

「――愛してる?」

「愛してる。ずっと言えなかったけれど」

甘利の腕を押さえる圭太の手から力が抜ける。甘利はそのまま体を起き上がらせると、今度は逆に圭太を床に押しつけた。

「圭太が愛していると言ってくれたときから、俺も圭太を愛してた。圭太のことが、すごく大切になっていた」

甘利は少しずつ頭の位置を下ろし、圭太の熱い唇にそっと自分のものを重ねた。

想いを告げたキスの甘さに、甘利の体は何もしなくても内側から熱くなる。圭太とは違う熱が、生まれていた。

啄むキスを繰り返しているうちに、夢中になっていく。ただでさえ荒い圭太の呼吸は、絶え絶えになりひどく苦しそうだ。

「……ごめ、ん。圭太は熱があるのに」

はっと気づいて甘利が体を放そうとすると、圭太は苦笑して甘利の腰に手を回す。

「嬉しい。匡がそんなふうに俺を欲しがってくれて」

「圭太……」

儚い笑みがさらに甘利を煽り立てる。圭太を自分の腕で強く抱き締めたい。

キスしたい。何度もキスしたい。

セックスしたい。圭太と繋がりたい。

擦れ違った痛みを忘れるために、その痛みを癒すために。

思う存分熱い肌に触れ合い、互いを感じて、二人で一緒に極みへ上りつめたい。

「俺も」

甘利の欲望を理解したように、圭太ははにかんだ笑みを浮かべて同意した。

せめてベッドへと移動しようとする間も、足をもつれさせた圭太が倒れそうになるのがわかっても、甘利はキスを求めずにいられなかった。

まるで体の中に別の生き物が宿ったかのように、凄《すさ》まじい勢いで蠢いている。肌という肌の細胞が目を覚まし、狂おしいほどの快感を求めている。

浅ましいとは思わない。そのぐらい、欲しかった。圭太を求めていた。

甘利は圭太をベッドに寝かせてから、その上に跨って、彼の着ている服を脱がせていく。ボタンをひとつずつ外しながら、肌に唇を這わせていく。久しぶりに触れる肌の温もりと感触に、それだけで全身が喜びに戦慄《わなな》く。

「苦しい？」

「大丈夫」

荒い息を圭太が吐き出すたび、甘利は確認する。まだ相手を気遣う余裕があるうちだけは、圭太が自分にしてくれたように圭太の体調を心配したかった。

最後のボタンまで外してから、それを左右に大きく開く。汗ばんだ胸に頬を寄せ、圭太が自分にするように、彼の突起に軽く歯を立てる。

「あ……」

「気持ちいい？　気持ちいいなら、もっとするよ。だから教えて？」

問われても圭太は答えない。

甘利は片方を指の先で摘み、片方を唇で愛撫する。すぐに丸みを帯びてきたものを舌の先で転がすと、なんとも言えない感覚が甘利の中にも広がっていく。

胸から腹まで舌を移動させ、鍛えられた筋肉の筋を辿る。わずかに下がると、ズボンが邪魔になる。

「駄目。俺がする」

「でも――」

「いいから。俺にさせなさい」

自分でボタンを外そうと伸ばされた圭太の手を払い、甘利はボタンを外して、ゆっくりとファスナーを下ろす。

下着の上からでもわかるほどの圭太にはまだ触れず、ズボンと下着を足から抜いた。ぎりぎりまで堪え、自分自身を高める。

ベッドから下りたついでに甘利は着ているものをすべて脱ぎ捨てて、素の状態で改めて圭太の上に乗った。

かつて何度も抱き合っているのに、初めて触れるように、甘利は緊張していた。

「……綺麗だ」

甘利の顔を見上げる圭太は、眩しそうに目を細める。

「男でも女でも、匡だったら俺は好きになった。匡だから綺麗だと思う」

「……喜ばせないでくれ」

なんのてらいもなく、圭太は甘利の喜ぶ言葉を口にしてくれる。その言葉だけで、甘利のものはびくりと反応を示す。触れていないのにすでに先端から溢れるものに、甘利は驚きとともに恥ずかしさを覚える。

「すごい、匡。もうそんなになってて」

「欲しくて欲しくてしょうがないから……」

甘利は正直な欲望を口にして、上半身を屈め、天を仰ぐ圭太のものに舌を伸ばす。

舌の先で触れただけで、それは大きく震えた。頭の上で、圭太の甘い吐息が聞こえる。彼もまた感じているのだと思うと、甘利はそれが嬉しくて夢中になる。

根元から先端を嘗め上げ、ところどころ軽く歯を立てる。そのたびに反応し形を変える圭太が愛しくて、甘利の愛撫も大胆で執拗なものになる。

圭太もまた、されるがままではいなかった。自分のものを飴のように嘗める甘利の後頭部に軽くキスをしてから、体を乗り上げるようにして、甘利のものに触れる。

「あ、んっ」

圭太のものを含んだまま、甘利の口から喘ぎが零れる。喉の動きに刺激され、圭太自身もまた反応する。

ゆっくり互いを高めていく余裕などどこにも残されていない。指や舌の動きは大胆で、確実なポイントを刺激していく。

そして、早く発情期の獣のように、繫がりたい。二人で最高の快感を得たい。その気持ちが強くなる。

圭太のものを潤す甘利の腰に、圭太は指を伸ばした。そして少しだけ起き上がり、甘利のものから溢れるものを指先に拭い、それを後ろへ塗った。

「……痛っ」

「痛くないだろう。もう第二関節まで飲み込んでるんだから。匡、ずっと俺のこと、欲しかったんだね」

「そんなこと、言わないでくれ」

強い口調で言い返すが、圭太に言われる通りだった。

圭太と会わなかった間誰も受け入れていなかった場所は、彼の指に触れられただけで、訪れる感覚に歓喜している。

痛くても構わない。甘利の体はその痛みですら、快感に変える術を知っている。

張り裂けそうなほどに広がって、溶けそうなほど熱くなったものを受け入れる。肉の擦れる感覚に、内側からそこはどろどろ蕩け出していく。

「圭太……いい？」

甘利は圭太のものから口を放し、濡れた唇を拭いながら尋ねる。いつもなら逆の問いに、圭太は密やかな笑みを浮かべた。

「痛くしないで」

「それはこっちの台詞だ」
二人で冗談を口にする。苦笑したままの唇を軽く重ね合わせ、甘利は軽くベッドに膝を立て
て、聳え立つ圭太のものに手を添えた。
先端が入口に触れると、甘利の全身にその熱さが伝わる。
「……んっ」
頭を上へ向け、そっと体重をかけながら、甘利のそこは確実に圭太を飲み込んでいく。
完全に準備が整ったと思っていても、乾いた部分で引きつれるような痛みが生まれ、背中に
広がる。
「あ……っ」
堅く目を閉じ苦しい声を上げる甘利のものに、圭太の手が伸びた。指先で軽く扱き、少しで
も楽になるように愛撫してくれる。
「圭太。圭太っ」
男のものが、自分の中に沈んでいく。奥へ、深く。強い圭太の脈動を感じながら、甘利は彼
と抱き合っていることを実感する。
もう、二度とこうして抱き合えないのかもしれないと思った。
圭太が東海林の人間だとわかったとき、あれほどまでに苦しかったのは、こんなにも圭太を
愛していたからだ。

体だけではなく、圭太の心が甘利の中に溶け込んでいく。

まるで最初から自分のものであったようなその感覚に、軽い目眩を覚える。

奥の奥まで、皮膚の下にある小さな細胞にまで、圭太は侵入してくる。ひとつになりたい。もっともっと深い場所で。どろどろに溶けて、どこからどこまでが自分なのかわからなくなるぐらいに。

「傷つけて、ごめん」

圭太は甘利の背中を強く抱き締めて、吐息で囁く。言葉を口にするたび、甘利の中の圭太が反応する。

「嘘をついてごめん」

甘利は次第に蕩けていく意識の中で、必死に首を左右に振る。

傷つけたのは自分だ。信じられなかった自分がいけないのだ。

でもそれもすべて、圭太が愛しかったから。

これほどまで愛している自分を知らなかったから。

知らないことですべてが許されるとは思っていない。許されないなら、一生をかけて謝りたい。償いたい。でもきっと、圭太は何もかも許してくれる。甘利のすべてを受け入れ、その上でずっと、自分のそばにいてくれる。

「泣かして、ごめん」

い。

圭太の唇が甘利の頰を拭う。そうやって甘利は初めて、自分が泣いていることに気づいた。

愛されている。愛している。

この気持ちに気づいたことが、これほどまでに幸せなことなのだと気づいて、涙が止まらない。

「謝らないで」

甘利は溢れんばかりの想いと言葉を、それだけの台詞につめ込んだ。

「うん……うん」

圭太は俯き加減に小さく頷いて、肩を震わせる。

やがて甘利を抱えた状態で、圭太は軽く腰を突いた。その動きに合わせるように、甘利自身も腰を上下させる。

ゆっくり、深く、浅く。強く弱く。規則性のないリズムに、次第に甘利はついていけなくなって、背中を反らした。

「圭太……圭太っ」

体の中で暴れまわる感覚に、全身が侵されていく。熱の生まれた場所から、甘い痺れと痛みが広がる。気持ちよくて頭がおかしくなりそうなぐらい、甘利は感じていた。

「も、っと。圭太、もっとっ」

圭太は甘利の腰に自分のものを打ちつけたまま、甘利の体をベッドに押し倒した。そして足を肩まで抱え、斜め下から突き上げる。

「……あ、ああ……」

甘利の体ががくがく震え、強烈な締めつけが圭太を襲う。

「匡、ずっと、一緒だ、から」

一際深く二人の体が繋がった瞬間、甘利の中で圭太が破裂する。

高まった二人の心が弾けるようなそんな感覚に、甘利はそのまま意識を飛ばした。


「どっちが病人なんだ?」

熱が出ていたはずの圭太は、ベッドに沈む甘利の姿に苦笑する。

「こんなにがりがりになって。あばら、浮いてるじゃないか。飯、食ってるのか?」

甘利は額に置かれた濡れたタオルの下で首を左右に振ってから、ぼんやりと圭太の顔を見つめる。

「食わないと駄目だ。人間は、苦しくても哀しくても、飯だけは食う。そうしたら、いつかまた幸せを摑めるから」

「今、幸せだよ」

「当たり前だ。俺は苦しくても飯を食ってたから。目の前にある幸せを摑んで逃がしはしなかったんだ。感謝しろ」

偉そうだと思いながら、圭太の言葉を聞いていると、あながち嘘ではないように思える。

「うん……愛してる」

甘い言葉に、二人の間の空気が密になる。

「俺も」

そして、小さなキス。それだけのことで甘利の全身に熱が灯る。切ない吐息に圭太はしかし、首を左右に振った。

「でも今は寝よう。二人とも、とにかく睡眠が必要だから。そしてゆっくり眠って次に起きたときには、今以上の幸せが待ってる」

今以上の幸せがどんなものか、甘利には想像ができなかった。

恋愛は、場合によって、そして相手によって、プラスサム・ゲームである。

だがきっと圭太の言うことだから、絶対に間違いはないのだろうと思えた。

エピローグ

瑞水《たんすい》飲料、オニキスビバレッジ、シルフィ・ジャパン・インクの三社によるジョイントベンチャーのニュースは、各界に様々な影響を及ぼした。飲料系のみならず、同業他社との新しい試みを始めようとする動きが、他の業界でも見えてきたのだ。

三社精鋭によるプロジェクトが組まれ、半年の間の折衝を置き、三社によるジョイントベンチャー契約のクロージングを行ったのはさらに半年後のことだった。

そこからさらに様々な行政手続きを経て、二ヶ月後、三社共同出資による新規会社の設立登記が完了した。

社名は、三社の頭文字を取り、ＴＯＳとした。そしてオニキスが開発した微炭酸の飲料水が「ファースト・キス」だ。そのボトルデザインや仄かなストロベリーの香りと淡いピンクの炭酸の生む軽い刺激が、ファースト・キスの甘さや苦さを微妙に表現していると女子高校生やＯＬに受け、ヒット商品となった。

飲料水業界の市場占有率は、瑞水飲料が半分以上を占めた時代に終わりを告げた。

ＴＯＳの成功は、飲料水業界に限らない他業種においても影響を及ぼし、業界再編の動きが活発化している。

圭太《けいた》は新規会社の取締役の一人として日々忙しく対外的な仕事に追われている。

そして甘利《あまり》はマーケティング調査部に所属し、オニキスからの同僚である坊城《ぼうじょう》たちとともに、積極的な異業種進出を考えプランを練り続けている。

しかし、プランを立ち上げるたび、大人しく椅子にふんぞり返っていればいいものを圭太が横から口を出して、話がややこしくなる。

「取締役のおっしゃりたいことはわかりますし着眼点もすばらしいと思います。ですが、事情を把握していない段階で口を挟まれても、かえって迷惑なだけです。少し黙っていてくださいませんか」

最初のうちは大人しく話を聞いていても、さすがにそれが毎回となると、社員も黙っていられなくなる。甘利が先陣を切って言い返すと、圭太もまた受けて立つ。

「事情を把握していないのは、君たちの作る企画書に問題があるんだよ。一目見て何をするつもりなのか、何も知らない人間が見てわからなければ、意味がない。もう一度やり直し」

頭ごなしに駄目出しをされて、甘利はぶち切れる。

事実だからこそ、頭にくる。怒りのあまり言葉さえ出ないでいると、圭太はすかさず追い討ちをかける。

「言い返したいことがあるなら、完璧な企画書を作ってくるんだね。それからならいくらでも意見は聞いてあげるよ」

もはやぐうの音も出ない。甘利はいつか、圭太の影を踏んでやるのだと、心の中で誓った。


しかし仕事を終えると、甘利と圭太は、どちらともなく携帯で連絡を取り合う。

圭太は都内の一等地に豪奢なマンションを持っているらしいが、そこに帰ることは滅多にない。代田橋《だいたばし》から歩いて数分の距離にある、２ＤＫの部屋で、居候を決め込んでいる。

一緒に夕食を食べ、いろいろな話をして、そしてセックスをする。

「……企画書を作るから、駄目」

が、甘利はベッドに誘う圭太の手を冷たくあしらう。

「匡《ただし》。仕事のことで、根に持ってるだろう」

「別にそういうわけじゃない。ただ、忙しいから駄目だって言ってるだけだ」

恨みがましい瞳を向ける圭太を無視して、甘利はパソコンのモニターを見つめ続けていた。

しかし、一時間ほどしてはっと気づくと、背後で正座をした状態で、ずっと圭太が待っている。

「……何をやってるの」

「匡が機嫌直してくれるのを待ってた」

肩を竦め背を丸めた男が、EVA概念を起用し、TOSの企業価値を高めている男と同一人物とは思えない。

甘利は椅子を下りて、腰を屈めて圭太の額にキスをする。

「ごめん。もう終わりにする」

プリントアウトした書類を手に、甘利は圭太の頬に仲直りのキスをする。

「その市場規模の算出方法、多変量パラメーター法のほうがいいと思う、けど」

「……え?」

舌を絡ませ合い、その気になっていた甘利は、何を言われているのか一瞬わからなかった。

だが、圭太の視線の先を見て、納得した。キスの合間に、圭太は甘利の手元の資料に興味を向けていたのだ。

「仕事の続きをしたいか、それとも、キスの続きをしたいか、どっちかひとつを選んでくれないかな」

甘利は書類を手に、しまったと慌てている圭太の顔を睨む。

「ごめん……キスの続きがいい」

肩を竦めた圭太の唇に、甘利は再び甘いキスをする。

圭太と過ごす日々は、何もかもが新鮮だった。

話をするたびに発見があり、相手のことをまだ知らない自分に気づかされる。

「そんなに俺のことを知ったら、愛しすぎて大変になるよ」

何かと質問をする甘利に圭太はときおりそう言うが、照れているのだとわかる。

「まだまだ愛したりないぐらいだからいい。圭太は、もう俺のこと、十分愛していると思う?」

甘利の問いに、圭太は一瞬悩んでから、「まだまだ」と答える。

「じゃあ、もっと愛して」

甘い誘いに、二人の夜が始まる。ベッドの中で二人が語り明かす戦略は、恋愛という名の一生の命題だ。それは濃厚でいて、甘い夜だ。

あとがき

目指していたのは「ロミオとジュリエット」でした。

恋に落ちた二人が実はライバル会社の社員で、おちおち会うことすらままならない。なぜ～？　という明るくて楽しいノリの話のつもりでした。自分の中では、ですが。

しかし蓋を開けてみれば……。

資料の読み込みに時間がかかり、細かい部分の設定に泣きを見ました。始めのうち楽しく読んでいた経営書が、途中で辛くてしょうがない本になりました。当たり前の話なのですが、踏み込めば踏み込むほど、理解するどころか、奥の深さを思い知らされました。大量に買い揃えた資料その他、落ち着いてからもう一度読み直そうと思います。

でもその分、納得いく形になったと自負してはいます……。

当初の目的であった「ロミオとジュリエット」も、一応組み込めたことですし……。

前に勤めていた法律事務所で、本文中に出てくるいくつかの書類を実際に作成していました。当時はとにかく先輩に言われるまま、上でどういうことが行われているかもわからず、ただひたすらに条文等を調べつつ議事録等を機械のように作成していました。けれど、今回改めて視点を変えてその書類を見る機会に巡り合い、あのとき自分がどんな仕事に携わっていたのかを今さら理解しました。先輩方、すみません……。

雪舟《ゆきふな》 薫《かおる》様。大変お忙しい中、挿絵をお引き受けくださいまして、ありがとうございました。担当の三枝様にも、色々お世話になりまして、ありがとうございました。

数ある中でこの本をお手にとってくださった皆様へ、最大の感謝を捧げます。

平成十三年　今年二度目の雪が降りました。ふゆの仁子拝この本を読んでのご意見、ご感想を編集部までお寄せください。

《あて先》〒105－8055　東京都港区東新橋1－1－16　徳間書店　キャラ編集部気付
「ふゆの仁子先生」「雪舟薫先生」係

■初出一覧
恋愛戦略の定義……書き下ろし

2001年2月28日　初刷

著　者　ふゆの仁子
発行者　秋元　一
発行所　株式会社徳間書店
〒105-8055　東京都港区東新橋1-1-16
電話03-3573-0111（大代表）
振替00140-0-44392

Chara
恋愛戦略の定義
【キャラ文庫】

印刷・製本　図書印刷株式会社
カバー・口絵　近代美術株式会社
デザイン　海老原秀幸
編集協力　三枝あ希子

ISBN4-19-900174-3

好評発売中

ふゆの仁子の本
【太陽が満ちるとき】
イラスト◆高久尚子

高校１年の夏、瀬尾《せお》は幼馴染みの楠ノ瀬《くすのせ》に「好きだ」と告白された。もうひとりの幼馴染みである片桐《かたぎり》を想い続ける瀬尾は、その想いに応えられない。でも優しくて頼もしい楠ノ瀬の隣は、いつも心地好くて――。ところが、突然片桐が日本を離れることに！ 片桐との思い出ばかりを追い、自分にふりむこうとしない瀬尾を、堪えきれなくなった楠ノ瀬はついに押し倒してしまって…!?

キャラ文庫最新刊

やってらんねェぜ！⑥

秋月こお
イラスト◆こいでみえこ

やっと恋人になれた裕也《ひろや》と隆《たかし》。でも修学旅行中、裕也が事故で記憶喪失に!? 大ヒット学園ラブ、最終巻!!

サムシング・ブルー

高坂結城
イラスト◆雁川せゆ

高２の朋之《ともゆき》は、年上の友人・将《しょう》の自由な生き方に憧れる。優等生のカラを破れない自分に焦れた朋之は…。

恋愛戦略の定義

ふゆの仁子
イラスト◆雪舟 薫

戦略事業部の甘利《あまり》は、経営について鋭い意見を持つ青年・圭太《けいた》を知る。彼に強く惹かれる甘利だが!?

3月新刊のお知らせ

- ［この世の果て GENE5］／五百香ノエル
- ［秒殺LOVE］／斑鳩サハラ
- ［課外授業のそのあとで］／池戸裕子

3月27日(火)発売予定

お楽しみに♡